Un revólver para salir de noche

MONIKA ZGUSTOVA

Un revólver para salir de noche

Galaxia Gutenberg

También disponible en eBook

Publicado por
Galaxia Gutenberg, S.L.
Av. Diagonal, 361, 2.º 1.ª
08037-Barcelona
info@galaxiagutenberg.com
www.galaxiagutenberg.com

Primera edición: septiembre de 2019

Preimpresión: Maria Garcia
Impresión y encuadernación: Romanyà-Valls
Pl. Verdaguer, 1 Capellades-Barcelona
Depósito legal: B. 15969-2019
ISBN: 978-84-17747-35-0

I

LA MARIPOSA AMARILLA

Vladimir

Montreux, 1977

Miraba por la ventana el lago, que un tímido sol de primavera plateaba, mientras reflexionaba sobre la novela que estaba escribiendo: *El original de Laura*. Pensó que siempre que confería un detalle entrañable de su vida a los personajes que creaba, este se diluía de inmediato en el mundo ficticio en el que sin previo aviso se veía depositado. Si bien persistía en su mente, el ardor y el encanto retrospectivo que hasta entonces lo habían caracterizado se esfumaban paulatinamente y, al cabo de poco, ya se identificaba de manera más íntima con la novela que con él.

Echó una ojeada a su hijo, que acababa de entrar en la habitación, y decidió no introducir en el libro sus recuerdos más preciados; esta vez se los guardaría. No quería que en su memoria las casas se vinieran abajo con el sigilo de las películas mudas de los tiempos lejanos de su niñez y juventud. No permitiría que su obra, cual ladrón, le robara lo mejor que conservaba su interior.

Su hijo de cuarenta y tres años, Dmitri, llevaba un traje oscuro de noche y una camisa blanca sobre la que resplandecía una fina corbata verde pastel; alto y delgado, recordaba un chopo en el esplendor de la primavera. Eran las cinco y media de la tarde y, por la ventana abierta del pequeño apartamento del hotel Montreux Palace, entraba un aire muy cálido para ser marzo.

–Pareces un dandi –lo alabó Véra.

Y era cierto que Dmitri, cantante de ópera en La Scala de Milán, tenía el porte aristocrático de su padre. De ella había heredado los ojos cristalinos y las facciones clásicas mediterráneas, judías.

–¿Vas a salir hoy, Mitia? –preguntó Nabokov padre–. Como no has comentado nada esta tarde durante el paseo...

Dmitri les explicó que en el Grand Théâtre de Ginebra se estrenaba aquella noche *El barbero de Sevilla*, en la que cantaba un compañero suyo. Le había dejado una entrada gratis en la taquilla.

–¿Cenarás con nosotros después de la ópera? –quiso saber Véra.

Comería algo con sus amigos, repuso él mientras se dirigía a la puerta. Antes de salir, abrió el cajón de la mesa: buscaba la llave de su coche, un Ferrari azul adquirido hacía apenas unos meses, a finales de 1976. Véra temblaba cada vez que Dmitri cogía el coche, aunque una vez más no dejó que se le notara. Sabía bien que el gusto por los coches y la velocidad le venía de ella.

–¿Y el abrigo, Mitia? Ponte algo encima, estamos solo a marzo. Soplará el viento de las montañas y del lago –fue lo único que dijo.

Pero Dmitri deseaba que llegaran de una vez la primavera y el calor, y le parecía que salir sin abrigo era una forma de atraerlos. Se adentró en la noche ataviado únicamente con su elegante traje.

Al día siguiente, como todas las mañanas, el camarero les sirvió el desayuno en la mesa de una de las habitaciones, la que utilizaban como comedor, despacho y salón, en la última planta del hotel donde vivían desde hacía quince años. Dmitri se sonaba la nariz, tosía y le dolía la garganta. Véra se moría de ganas de soltarle un maternal: «Ya lo ves, esto te pasa por no hacerme caso», pero se contuvo. Solo le preguntó si por la noche había hecho frío. Dmitri sorbió un poco de té y comentó que, cuando salieron de la ópera y se dirigieron al restaurante, el tiempo había cambiado y soplaba un viento helado de los Alpes.

–Debo de haberme resfriado. Después del desayuno me tumbaré otro rato.

El resfriado acabó en gripe. Dmitri le pidió a su padre, que rondaba ya los ochenta, que hiciera el favor de no acercarse a su dormitorio. Pero a la madre, que tenía casi la misma edad, no se lo podía prohibir; ella lo cuidó todo el día. Al día siguiente cayó enferma. La gripe hizo estragos aquel año y ciertamente el tiempo había cambiado: tras una breve premonición de la primavera, regresaba el viento del invierno.

Como todas las mañanas, Nabokov se despertó a las siete tras un sueño poco reparador; solía dormir desde las once hasta las dos de un tirón, con una pastilla; cuando esta dejaba de surtir efecto, se tomaba otra y dormía desde las cuatro hasta las siete; entretanto leía. Por la mañana se quedaba un rato en la cama, planeando lo que iba a escribir y hacer durante el día. A las ocho se afeitaba, desayunaba y conversaba con Véra; después se metía en la bañera. Aseado y con el estómago lleno, se ponía a escribir. Cuando el servicio de habitación invadía la estancia con las escobas y la aspiradora, salían a dar un paseo bordeando el lago. A la una, la señora Furrier, que parecía un zorro risueño, les servía la comida; la preparaba en una de las habitaciones, en la que habían instalado una cocinita. Nabokov volvía a la escritura antes de las dos para terminar a las cinco y media. Luego salía a pasear y a comprar el periódico. Tenía la sensación de que en Suiza olvidaba el inglés, por lo que leía prensa anglosajona, sobre todo americana: *The New York Times*, *The New York Review of Books*, el *Times Literary Supplement*, el *Newsweek* y el *Time*. Los Nabokov se habían mudado de Estados Unidos a Suiza tras el enorme éxito que tuvo *Lolita* y que les permitía llevar una vida desahogada y acomodada. Vladimir compraba todos los días los periódicos en tres quioscos distintos para que todos hicieran negocio; a los vendedores solía soltarles alguna broma, como hacía también con el personal del hotel.

Los periodistas que a menudo acudían al Montreux Palace sin invitación para entrevistarlo se quejaban de que el muy engreído se negara a recibirlos. Los miembros del personal del hotel, sin embargo, lo adoraban y lo defendían con vehemencia. Los periodistas no lo entendían: les parecía un hombre cerrado, frío, antipático. Si en aquel momento Dmitri se hallaba en el hotel de visita, les explicaba que su padre se protegía con aquella aparente soberbia y frialdad de la presión constante de los fotógrafos y periodistas que se presentaban de improviso. Su sentido de la precisión no le permitía tratar un tema con aproximaciones; necesitaba pensarlo todo bien para poder responder con el máximo rigor, por eso tan solo concedía entrevistas por escrito.

Por la mañana Véra se levantó para almorzar con Vladimir. Se retiró detrás de las orejas la densa cabellera blanca, el único adorno que lucía, para evitar así que le cayera a la cara mientras comía. Al terminar, se sentó en el sillón de la habitación de su marido que hacía las veces de despacho. Él se levantó con la intención de besarla.

–No, Volodia, ¡que te vas a contagiar! –lo ahuyentó Véra.

Así que Vladimir volvió a sentarse, no sin cierta dificultad, ante el escritorio y fingió escribir, aunque no podía concentrarse. Pensaba en Véra y en él, cuando tenían poco más de veinte años...

2

... Conservaba la fecha y el lugar grabados en la memoria, a pesar de que hacía cincuenta y cuatro años de aquello: fue en Berlín, el 8 de mayo de 1923. Vladimir, que por aquel entonces contaba veinticuatro primaveras, fue al baile de disfraces de los emigrados rusos sin esperar gran cosa. Si decidió asistir fue para ver una vez más, quizá la última, a Svetlana; la herida de su reciente ruptura seguía dolorosamente abierta. Se dijo que en el baile podría burlar la estricta prohibición que los padres de la joven, que no veían con buenos ojos la compañía de un escritor pobre, le habían impuesto: que no volviera a relacionarse con él. La buscó con la mirada; en un par de ocasiones bailó indiferente con alguna chica y fumó cigarrillos con uno u otro conocido, pero Svetlana no apareció por ninguna parte.

Se disponía a irse malhumorado cuando le llamó la atención una joven con un vestido negro y una máscara veneciana de lobo que le cubría la frente y la nariz. Bailaron juntos, fumaron y bebieron vino blanco de la región del Rin. La chica no se quitó la máscara de lobo en ningún momento; le ensombrecía los ojos, de modo que solo podía percibir su brillo muy de vez en cuando. Eran de un azul grisáceo y contrastaban con el tono oscuro de la máscara. Vladimir le recordó que llevaba puesto el hocico de lobo, más que nada para que al día siguiente no fuera a trabajar con aquella facha. La joven sonrió con sus labios finos, pero no por ello despejó su rostro. Vladimir imaginó entonces que la misteriosa muchacha era muy bella y que, acostumbrada como estaba a la admiración de los hombres, aprovechaba la ocasión que brindaba el baile de disfraces para convencerse de que, para cautivarlos, le bastaban su ingenio e inteligencia. Claro que también contaba con una figura estilizada, una clara y brillante melena que le caía hasta los hombros y unos labios delineados con delicadeza que le hacían pensar que se trataba de una mujer sensible.

Salieron juntos a la noche primaveral, se detuvieron junto a un canal y la joven le recitó de memoria unos versos que él había compuesto. Al principio, Nabokov se rio para sus adentros de la solemnidad con que ella recitaba: le pareció que su actuación resultaba estudiada y teatral, como si imitara a uno de los personajes histéricos de las óperas de Verdi o como si una maestra de provincias declamara con grandilocuencia unos versos patrióticos en una celebración de la fiesta nacional. Pero luego miró los castaños en flor que resplandecían al fondo de la noche y le pareció que todo resultaba mágico, irreal. Se había crecido con el recital y, aunque la desconocida siguiera con la máscara puesta, la sentía más próxima. Vladimir escribió un poema sobre el encuentro aquella misma noche.

A mediados de mayo se fue a una finca de la Provenza a recoger cerezas, que en junio serían albaricoques y en julio, melocotones. Si bien no había olvidado a Svetlana, tras vacilar un poco escribió varias cartas a Véra Slónim, que era el nombre de la joven de la máscara de lobo.

No voy a esconderlo –fueron las primeras palabras que le dirigió–, no estoy nada acostumbrado a que alguien me entienda, pongámoslo así. Es algo tan poco habitual para mí, que en los primeros momentos pensé que se trataba de una broma, de un extraño truco producto del baile de disfraces. En cambio luego... Hay cosas que cuestan de explicar, porque cuando las rozas con las palabras, desaparece su polen mágico. Sí, te necesito, mi cuento de hadas... Porque eres la única persona con la que puedo hablar sobre la sombra de una nube, sobre la melodía de una idea y sobre cómo hoy, mientras iba a trabajar, he mirado un girasol a la cara y él me ha sonreído con todas sus semillas.

Cuando volvió a Berlín, ciudad reseca en aquella época del año, Véra se había ido de vacaciones. Vladimir seguía soñando con Svetlana pero, a la vuelta de su amiga del baile, la buscó. Resultó que hasta la Revolución los dos habían vivido en el mismo barrio de San Petersburgo, que tenían muchos conocidos comunes y que, en el exilio berlinés, frecuentaban los mismos ambientes. De hecho, habrían podido coincidir varias veces y lo sorprendente era que no hubiera ocurrido hasta entonces. Salieron a pasear por el barrio residencial a orillas del lago Wannsee; hacía un precioso día ventoso con indicios de melancolía otoñal y Véra se puso a hablar de las casualidades que podrían haberlos unido hacía tiempo y que, sin embargo, no lo habían hecho.

–¿Sabes qué pienso yo de las casualidades?

–¿Qué, Volodia?

–Había una vez un hombre que perdió su catalejo en el vasto azul del mar –explicó él mientras doblaban en una esquina desde la que se veía el lago–. Al cabo de veintidós años, justo el mismo día, que además volvió a caer en viernes, se comió un pescado grande y... no encontró el catalejo en sus tripas. Esto es lo que pienso de las casualidades.

La historia que se acababa de inventar y de la que se rio a carcajadas dejó más bien fría a Véra. Con todo, se esforzó y esbozó la característica y enigmática media sonrisa que tanto la favorecía: la comisura izquierda de la boca para arriba, la derecha para abajo. Al ver que con su historia no había tenido éxito, Vladimir decidió entretener a su compañera con cuestiones prácticas, por las que ella siempre mostraba un gran interés. Le contó que se había trasladado de la pensión Martin-Luther-Strasse a la Andersen. La dueña era una española que había pasado mucho tiempo en Chile, buena cocinera y mujer alegre, tolerante y tranquila a la que no le importaba que un joven escritor se presentara a desayunar a las once, tanto si se debía a una noche de trabajo como a una noche de juerga. Vladimir estaba encantado de haber encontrado a una aliada en la dueña y de no sentirse violento por perturbar la omnipresente disciplina y orden alemanes, como a menudo le había pasado en las habitaciones alquiladas y pensiones donde se había alojado.

Recordaba que Véra se había reído como lo habría hecho un cómplice y que con eso lo acabó de conquistar.

Tras este triunfo, se atrevió a mostrarle una hoja que desde hacía unas semanas llevaba en el bolsillo del abrigo: había preparado para su amiga una lista de las mujeres con las que había mantenido relaciones duraderas antes de conocerla a ella. Tales listas eran una costumbre rusa que los jóvenes habían tomado de Evgueni Oneguin, el protagonista de la novela de Pushkin del mismo nombre. En la lista de Vladimir había veintiocho nombres de mujer. Aquel día, junto al limpio y cristalino Wannsee en el que se reflejaba el brillo de la tarde, Véra solo echó un vistazo rápido al papel y se lo guardó en el bolso. Tras vacilar un poco, dedicó una mirada coqueta a Vladimir. Coqueta, sí, pero a él le pareció que también estaba llena de gratitud, como si valorara profundamente su prueba de franqueza y buenas intenciones.

Transcurrió casi un año desde su primer encuentro y llegó la siguiente primavera. El 25 de abril de 1925, Vladimir cenó con los Slónim. En medio de la conversación y en un tono ligero, Véra dijo:

–Antes de que me olvide: esta tarde nos hemos casado.

Su padre se rio con ganas y su nueva esposa, Aniuta, veinticinco años menor que él y prima de Véra, lo acompañó.

Respondiendo a las preguntas de los miembros de la familia, Véra explicó que la boda se había celebrado en el Ayuntamiento de Berlín y que, tal y como exigía la ley, los habían acompañado dos testigos.

–Amistades más bien casuales –precisó.

Vladimir había residido en Berlín, Praga, París, Nueva York y otras ciudades norteamericanas; ahora, quisiera o no, habitaba en Montreux. Y pensó que mientras que los zares nunca habían logrado dominar los cerebros humanos a voluntad del gobierno, los bolcheviques lo consiguieron enseguida después de que el gran contingente de intelectuales desapareciera en el exilio o fuese liquidado de otra manera. Tras la Revolución, el feliz grupo de exiliados pudo dedicarse a sus intereses con una impunidad tan absoluta que, de hecho, a veces se preguntaban si la sensación de disfrutar de una libertad mental absoluta no se debía al hecho de trabajar en un vacío total. Lo cierto es que entre los exiliados había una cantidad suficiente de buenos lectores para garantizar la publicación de libros y periódicos en capitales europeas como París, Berlín y Praga, a una escala comparativamente grande; pero puesto que ninguno de los escritos podía circular con libertad por la Unión Soviética, todas esas actividades adquirieron un cierto aire de frágil irrealidad.

Vladimir soltó una risita al pensar en lo fácil que hubiera sido para un observador independiente ridiculizar a toda esa gente casi intangible que en ciudades extranjeras imitaba una civilización muerta: los remotos, casi legendarios, casi sumerios espejismos de San Petersburgo y Moscú del periodo que iba de 1900 a 1916 (y que incluso entonces, en los años veinte y treinta, parecían los años 1900-1916 antes de Cristo). Pero como mínimo fueron rebeldes, como lo había sido la mayoría de los grandes escritores rusos desde los comienzos de la literatura rusa, y eran tan fieles a esa condición de insurgentes y tenían tanto sentido de la justicia y la libertad como sus predecesores bajo los zares.

Vladimir y Véra pasaron juntos en Berlín la segunda mitad de la década de los veinte a pesar de que Vladimir deseaba mudarse a otro sitio. Su vida interior estaba reñida con la cultura alemana, demasiado estricta y altisonante para su sensibilidad; escribió sobre sus sentimientos respecto a Alemania en el cuento «Nube, castillo, lago», que consideraba uno de sus mejores relatos, en parte porque bajo su superficie se escondía, como en el fondo del lago, otra historia completamente distinta que, creía, nunca nadie llegaría a descifrar.

Después de un año de casados, le escribió a Véra a un balneario de la Selva Negra adonde esta había ido a acompañar a su madre:

Uno de mis deseos es el de abandonar Berlín y Alemania para trasladarme contigo a la Europa del sur. El alemán hablado me disgusta, del mismo modo que me repele la tosquedad, la vulgaridad y la insoportable grosería de Berlín con su regusto a embutidos en mal estado y su fealdad disfrazada de cortesía y respetabilidad. Tú lo entiendes igual que yo. Preferiría vivir en un rincón oculto de cualquier otro país que en Berlín.

San Petersburgo, su ciudad perdida, lo asaltaba una y otra vez. Al poco de casarse, compuso un poema sobre los recuerdos de un exiliado; ahora solo se acordaba de la primera estrofa:

Recuerdo, flecha reluciente,
convierte con tu mano tierna mi exilio,
estremecedme, imágenes de antaño:
bahías celestiales batidas por el viento
donde humean las nubes de Petersburgo,
cercados, rincones remotos,
amables rostros de los fanales…
Recuerdo que allá junto a mi Nevá,
como lápices dibujando sombras,
murmuraban sigilosos los atardeceres.

3

Se había sentado a su escritorio pero no conseguía concentrarse en la novela que había empezado. Pensaba en el día en que despacio, de puntillas, se acercó a él su primer poema. Aquel verano de 1914, él, un chico espigado, se protegía de un chaparrón en la glorieta de un jardín a las afueras de San Petersburgo. La lluvia, una masa de agua que caía violentamente y debajo de la cual los árboles se retorcían, se redujo de súbito a unas líneas oblicuas de oro silencioso que se rompían en breves retazos sobre un fondo de agitación vegetal que iba aplacándose. La tormenta pasó deprisa. Entre los campos que humeaban apareció un arcoíris. Fue entonces cuando nació su primer poema. Maravillado, en un espasmo de inspiración, el chico empezó a murmurar sus primeros versos.

Hacía mucho de aquello. Ahora, sentado a su escritorio, dispuso frente a él las fichas en blanco en las que se disponía a redactar la continuación de su novela, pero su mente se hallaba en otra parte.

Véra y Dmitri estaban enfermos, sin embargo, él se sentía bien, ligero como tiempo atrás. Llevaba un año escribiendo *El original de Laura*. Durante las noches de insomnio recreaba la novela hasta los últimos detalles y todas las tardes llenaba unas cuantas fichas; esperaba tener lista la primera versión para el verano. Se la llevaría consigo cuando fuera de vacaciones a Cannes. Todos los veranos iban a los Alpes a cazar mariposas desconocidas y a festejar las que ya habían visto muchas veces. Conocían bien la región, todas esas montañas preciosas y lugares maravillosos de célebres y melodiosos nombres: Zermatt, Crans-Montana, Saint Moritz, Davos, Evian, Verbier y

Chamonix. Incluso se habían comprado un terreno en lo alto de Les Diablerets para construirse un refugio, mas al final les dio pereza ponerse manos a la obra y el proyecto resultó ser un castillo en el aire. El terreno todavía les pertenecía.

Vladimir no creía en el tiempo. Ni en el paso del tiempo. El placer más grande que experimentaba en esa ausencia de tiempo se presentaba cuando, en un paisaje elegido al azar, se encontraba en compañía de exquisitas mariposas y las plantas que las alimentan. Esa era la dicha, el éxtasis detrás del cual se hallaba algo difícil de describir: un espacio vacío que se llenaba rápidamente de todo lo que él amaba. Entonces tenía la sensación de amalgamarse con el sol y las rocas, y experimentaba un estremecimiento de gratitud hacia quien se lo merecía... hacia el contrapunto genial del destino humano o hacia los fantasmas sensibles que satisfacen todos los caprichos de un afortunado mortal.

En verano haría un año de la caída, pensó: subía una montaña y ya estaba casi en la cima cuando vio una *Gonepteryx rhamni* amarilla especialmente grande. Alzó el brazo con el cazamariposas para atraparla, pero resbaló por el estrecho sendero, se cayó y quedó tendido de lado. Sintió tanto asombro como vergüenza, pero se levantó. El cazamariposas, sin embargo, se había enredado en unos matorrales. Al agacharse para recuperarlo, volvió a caerse. El terreno descendía abruptamente hacia el valle y no pudo incorporarse; aunque se mareó, le dio por reír: le parecía que la caída era para morirse de risa, como las payasadas de las películas mudas. Vio que el maquinista del teleférico que pasaba justo por encima de él lo miraba. Vladimir siguió riendo sin parar pero, al darse cuenta de que no podría avisar a nadie, se asustó. No lo socorrieron con una camilla hasta al cabo de tres horas; como el maquinista había visto a un señor mayor tumbado riéndose, se dijo que no debía de ser grave; fue al bajar cuando le pareció raro que siguiera allí y pidió ayuda. Al recordarlo, Vladimir no pudo evitar reírse de nuevo. Lo hizo a pesar de saber que, con la caída, algo había dejado de marchar bien, como en la maquinaria de un reloj, y desde entonces había estado enfermizo y había pasado semanas enteras en el hospital.

En parte por eso, aquel verano quería ir al mar y no a la montaña. Pero no a cualquier lugar; se moría de ganas de volver a Cannes. Estaba ciegamente obsesionado por ir con Véra allí, al lugar donde, en 1937, pasaron varios meses con Mitia, que entonces tenía tres años. En verano haría justamente cuarenta años. Fue entonces cuando tuvo que decidir entre Véra e Irina, Irina Guadagnini-Kokóshkina, con quien acababa de pasar una maravillosa primavera en París. Dios, qué lejos quedaba todo... Si pudiera volver al lugar de aquella terrible decisión que, desde la distancia, podía parecer incluso placentera... En aquel tiempo era alto, joven, esbelto –todavía fumaba; perdió su porte juvenil cuando en América dejó de fumar por motivos de salud– y lo amaban dos mujeres extraordinarias, y no precisamente por su hermosura: ni de la una ni de la otra podía decirse que fueran una belleza; mujeres misteriosas y excepcionales, singulares, ingeniosas y despiertas. Irina era tan femenina, tan irresistible... Él estaba entre las dos, incapaz de renunciar a ninguna de ellas.

Las quería a ambas, a cada una de un modo distinto. ¿De verdad era Irina tan especial? ¿Acaso no era una chica del montón que se sentía por encima de los demás y de su realidad de peluquera de perros por el hecho de escribir mediocres poemas inspirados en Anna Ajmátova? ¿No era él un mago que moldeaba la realidad a su gusto y, cual Quijote, de una común aunque muy seductora Irina había creado a su Dulcinea, de manera parecida a como lo haría su personaje Pnin con la vulgar y calculadora Liza? Fuera como fuese, lo que hubo entre ellos no fue de ningún modo una relación sentimental carente de significado o superficial: lo que vivió con Irina lo marcó de por vida. Y pondría la mano en el fuego por que –no pudo evitar reírse de nuevo– a Irina, a diferencia de Véra, le habría interesado la lectura del diccionario finés-francés.

Detrás de la ventana, los copos de nieve revoloteaban con el viento. Volvió a pensar en el hecho de que cada vez que concedía un detalle de su vida a uno de los personajes de las novelas, aquel arraigaba en el libro mientras que para él perecía. La imagen tan preciada de Irina había empezado a desvanecerse cuando le otorgó su aspecto y algunos de sus atributos al amor de Pnin; Irina, recién arraigada en el personaje de la bella Liza Bogolepova, alcanzó tanta autonomía que se convirtió para Pnin en la fatalidad. Ay... Dentro de Vladimir, el hombre empezó a rebelarse contra el novelista.

Recordó que, desde el París de cuarenta años atrás, alguien había enviado una carta a Véra, que se hallaba en Berlín, poniéndola al corriente de que Irina y él... Véra se lo creyó y le preguntó por carta por el asunto. Él le contestó; todavía recordaba su elegante letra: «También a mí me han llegado tales calumnias, así que no dudaba que inevitablemente te alcanzarían a ti en Berlín. ¡Esas jarras llenas de obscenidades, que pertenecen a los que hacen circular calumnias semejantes, deberían romperse en mil pedazos! De un hombre mayor escuché otra versión según la cual estoy liado con Nina Berbérova. Es cierto que frecuento bastante a menudo a las señoras Guadagnini-Kokóshkina y las dos son muy agradables; subrayo: las dos». Las dos, o sea, madre e hija, como si entre ellas no hubiera diferencia alguna, así lo había escrito. Y con acierto había introducido a Nina Berbérova, para que las sospechas no recayeran exclusivamente sobre una sola persona. Después detalló cómo lo observaban los círculos de emigrantes rusos: lo seguían de tal manera que no solo no se les escapaba nada, sino que además se dejaban llevar por su fantasía hasta el punto de inventarse historias. Lo describió todo de manera tan convincente que, tras aquella carta, Véra le creyó.

Vladimir conocía bien su gusto por las mujeres. Formaba parte de su naturaleza. Deseaba a las mujeres-musas y no quería saber nada de las mujeres-escritoras. Y si bien era cierto que había leído a Virginia Woolf, a fin de comprender la literatura femenina, no la tenía en gran estima; Vladimir había escandalizado a los círculos literarios del mundo entero al señalar que su novela *Orlando* era un exquisito ejemplo de vulgaridad. Katherine Mansfield, a su parecer, era mejor, pero tenía un miedo banal a lo banal y los colores que describía resultaban algo dulzones. No había leído a Nina Berbérova, pero como mujer la encontraba agraciada, y eso que tenía los dientes separados. Pero ¡qué ojos! Y también recordó que hacía una semana, allí en Montreux, había invitado a cenar en el restaurante del hotel a la poeta rusa Bela Ajmadúlina, que había venido de visita durante su gira por Europa. Vladimir no se aburrió: Bela era vivaz y agradable, hermosa... y como todos los que venían de la Unión Soviética, ocultaba tras una sonrisa radiante resentimiento y amargura, cansancio y dolor.

Miró por la ventana; el viento arreaba las nubes sobre el lago Leman de Lausana hacia Valais.

–Hoy no me puedes sacar a pasear –le dijo a Véra–. Así que saldré solo, a que me dé un poco el aire.

–¿No sería mejor que...? Ten cuidado, Volodia, empieza a nevar –dijo Véra sin convicción, pues era consciente de que sus consejos eran en balde.

–¿Sabes qué? ¿Sabes adónde iremos este verano?

–A la montaña. ¿A Francia tal vez? ¿A los pies del Mont Blanc?

–Correcto, iremos a Francia. Pero no a los Alpes sino a Cannes.

–¿A Cannes? ¿No iremos a la montaña?

–Bueno, en Cannes también hay colinas y montañas. Quiero ir al mar... ¿Tú no?

¿Le habría venido a la cabeza lo mismo que a él? Había sido precisamente en Cannes donde hacía cuarenta años había acudido a buscarlo Irina Guadagnini.

Ya llevaba puestos el abrigo y los guantes. Se colocó el gorro y con un grito se despidió de Dmitri y salió.

4

Andaba apoyado en un bastón por la riba del lago en dirección al castillo de Chillon y con la mano zurda tenía que sujetar su gorro para que el viento no se lo llevara. A su izquierda se alzaban las rocosas cimas nevadas de los Dents du Midi. A su derecha, el viento levantaba sobre el lago

Leman unas embravecidas olas como las del Atlántico. Las ramas estaban todavía desnudas, si bien ya se apreciaba en ellas algún brote; dentro de un mes estaría todo sumergido en nubes verdes.

Con esa misma ventisca de marzo, Dmitri había salido una noche como si fuera julio, sin abrigo, sin gorro... y ahora estaba en cama con fiebre. Como cuando era pequeño, ¿cuántos años tendría? Seis, sí, tenía seis años; él, Vladimir, tenía entonces cuarenta y uno, y los tres habían tenido que huir de Europa. También aquello sucedió en primavera...

—¡Mitia ha enfermado! —anunció Véra apenas Vladimir abrió la puerta del piso parisino de la calle Boileau número 59.

Antes de partir a América, había querido despedirse de un destacado político ruso en el exilio, Aleksandr Kérenski, y se había encontrado en su casa con varios escritores: Iván Bunin, Dmitri Merezhkovski y su mujer, la poeta Zinaida Guíppius. Al saber que aquella misma noche del 20 de mayo de 1940 los Nabokov saldrían en tren de París hacia Bretaña, donde al día siguiente subirían al barco *Champlain*, que los conduciría a Nueva York, el bigotudo Merezhkovski lanzó una mirada al cielo y exclamó:

—¡Marcharse de París! ¡Y para ir tan lejos! ¡Qué disparate, yo no lo haría!

La muy maquillada Zinaida repitió con afectación como una monja en plena lamentación:

—Pero ¿por qué os vais? ¡¿Por qué, Dios?! ¡¿Por qué?!

Vladimir escuchó entre divertido e irritado aquellos plañidos teatrales y recordó un incidente de su adolescencia. A los dieciséis años había publicado, asumiendo él mismo los costes, un librito de pocas páginas con sus primeras tentativas poéticas. El caso es que el cuaderno llegó a manos de su maestro, el pelirrojo poeta de segunda Vladímir Guíppius. El despiadado pedagogo se rio con sarcasmo y saña de sus poemas delante de toda la clase. Volodia se moría de vergüenza y hubiera preferido cien veces un doloroso tirón de orejas a tal humillación. El maestro entregó además el cuaderno con los inexpertos poemas a su prima, la conocida poeta Zinaida Guíppius, quien tras leerlos habló con el padre de Vladimir y le pidió que hiciera el favor de transmitir a su hijo que nunca llegaría a ser escritor.

Esa misma Zinaida Guíppius gemía en ese momento:

—¿Que os vais a América? Pero ¿por qué? ¿Por qué?

Kérenski sabía que desde finales del año anterior Nabokov trataba de reunir quinientos sesenta dólares y que, si al final acababan yéndose, significaba que, a través de sus acomodados conocidos de la emigración rusa judía, había conseguido no solo aquella suma para él enorme, sino también pasaportes para toda la familia y el visado para Estados Unidos. Preguntó al respecto y Vladimir contó que habían decidido irse de París porque los nazis ocupaban un país tras otro y tenía que llevar a su mujer judía y a su hijo medio judío a puerto seguro. La Sociedad Hebrea de Ayuda al Inmigrante, HIAS, había mandado un barco para los refugiados judíos y el director de la organización, Yakov Frumkin, viejo amigo del padre de Vladimir, había querido agradecerle a él la ayuda que, en la época del pogromo, su padre había prestado a los judíos rusos, así que le había conseguido un camarote a mitad de precio.

Vladimir añadió que dejaba todos sus escritos y la vasta colección de mariposas en el sótano de su buen amigo Ilya Fondaminsky y que se llevaba solo lo más importante: dos mil hojas preparadas para el curso de literatura rusa que, esperaba, le permitiría vivir y mantener a su familia en América.

Mientras contemplaba los cuadros de la pared, Bunin opinó que harían mejor en viajar a Le Havre en autobús y no en tren.

–Ese era el plan original –les explicó Vladimir, que fumaba un cigarrillo tras otro–. El barco debía zarpar del puerto de Le Havre, pero el ejército alemán avanza con tanta rapidez que se estableció como punto de partida Cherbourg, aunque también esto se ha tenido que cambiar. Al final zarparemos del puerto de Saint-Nazaire, en Bretaña. Allí tenemos que embarcarnos mañana y partir cuanto antes.

–No vayáis a Bretaña en tren, coged el autobús. He oído que todos los trenes franceses están destinados al transporte de material de guerra –insistió Merezhkovski en el consejo de Bunin con su habitual solemnidad, como si todo lo que dijera fuera extraordinario.

Vladimir se despidió y se marchó en metro a casa. Devolvería las llaves del piso al portero y se iría con su mujer e hijo a la estación de trenes, con la esperanza de que esta estuviera en funcionamiento.

Fue al llegar a casa cuando Véra le anunció que Mitia, su hijo de seis años, tenía la gripe y que la fiebre le había subido a cuarenta grados, lo que significaba que su vida corría peligro.

Debían ir a la estación de todos modos. Como habían enviado ya a Nueva York un baúl con los escritos de

Vladimir y una pequeña, mínima, selección de sus mariposas más preciadas, no tenían equipaje. Devolvieron rápidamente las llaves al portero y se fueron a la estación en taxi, parando por el camino en casa de la doctora rusa Kogan-Bernstein.

–La fiebre sube; decididamente no les recomiendo viajar –dijo esta negando con la cabeza.

–Pero no podemos elegir. No nos queda otra opción –replicó Vladimir.

–Cambien los pasajes para otro barco. Personalmente, insisto en que el niño necesita reposo.

–Es el último barco en el que podemos viajar –reiteró Vladimir.

La doctora recetó medicamentos al niño sin dejar por ello de mostrar su desaprobación.

Compraron billetes de tren para un compartimento privado con literas de primera, de modo que Mitia tuviera la mayor tranquilidad posible, y le administraron pastillas de sulfamida cada cuatro horas. El niño durmió toda la noche, si bien al principio padecía tanta inquietud inmerso en la fiebre que se destapaba todo el rato, sufría alucinaciones y gritaba en sueños. Véra no durmió ni un minuto; cubría al niño sudado y le cogía la manita. Vladimir salía a menudo al pasillo a fumar junto a la ventana abierta. Cuando a media noche fue a relevarla en el cuidado del hijo, le susurró al oído para no perturbar al niño:

–Me preocupa que mañana no nos dejen subir al barco.

–¿Por qué no iban a dejarnos subir? –preguntó Véra, asustada.

–¿Y si ven los síntomas de fiebre y temen una infección desconocida?

Véra se encogió de hombros. Lo único que le preocupaba en ese momento era el peligro que corría la vida de su hijo.

Al despertar al chiquillo a las siete de la mañana para administrarle otra dosis de medicamento y vestirlo para el viaje, él les sonrió como si volviera a la vida. Tenía los ojos claros y alegres, y estaba impaciente por subir al barco e ir de excursión. La fiebre había remitido.

Se dirigieron del tren al puerto, mientras la criatura recuperada brincaba entre sus padres cogida de la mano de ambos.

Tenían una preocupación menos.

Tres semanas después de que los Nabokov navegaran en el transatlántico *Champlain* hasta Nueva York, los alemanes bombardearon París y el edificio de la calle Boileau donde hasta entonces habían vivido fue completamente destruido. En un registro domiciliario del piso de Ilya Fondaminsky, los nazis arrojaron a la calle todos los escritos que encontraron, entre ellos también los que Vladimir Nabokov había escondido en la carbonera del sótano, y destrozaron su vasta colección de mariposas. Tras la batida, la nieta de Fondaminsky trató de recuperar los escritos y las alas de mariposas desparramadas por la calle, y en 1950 Nabokov los recibió en América. A Ilya Fondaminsky, sin embargo, los nazis lo mandaron a un campo de concentración, donde murió, igual que Serguéi, hermano de Vladimir.

5

Vladimir continuaba su paseo a orillas del lago Leman bajo los árboles entre cuyas ramas desnudas silbaba el viento, pero los recuerdos le habían angustiado. Pensó en Dmitri, su Mitia, que guardaba cama en el hotel con fiebre igual que hacía casi cuarenta años. Su hijo ni siquiera le había dicho adiós. Dormiría, el pobre, o se encontraba tan mal que no había tenido ni fuerzas para contestar. Vladimir emprendió el camino de vuelta tan de súbito que se le cayó el gorro al suelo. Se agachó para cogerla pero una fuerte ráfaga de viento se le anticipó llevándosela un metro más adelante; avanzó y, cuando iba a agacharse de nuevo, el viento volvió a arrastrarla unos pasos más allá. Finalmente se acercó un joven, la recogió y se la tendió. Vladimir sintió cierto bochorno al darle las gracias. ¡Qué vergüenza! Suerte que nadie había visto sus dificultades para recuperar el gorro. La vejez es humillante. No por sí misma, pero pone al hombre en situaciones embarazosas.

Se alegraba de que, al llegar a Montreux veinticinco años atrás, se hubieran instalado en un hotel en lugar de alquilar un piso, como pensaban hacer en un principio. De ese modo tenían siempre asistencia, el personal incluso les iba a buscar medicamentos a la farmacia a cambio de una humilde propina y no tenían que preocuparse de la limpieza ni de la compra diaria, las molestias de una vida corriente. Que vivirían en Montreux estaba claro; Véra había elegido este lugar para estar cerca de Mitia, que trabajaba en Milán, y a poca distancia de su hermana Yelena, que residía en Ginebra.

«Montreux es una población cosmopolita –no paraba de repetir–, se halla entre el lago y los Alpes, y los editores podrán llegar sin problemas en coche o en tren.»

A Vladimir le costó acostumbrarse; habría preferido vivir en cualquier lugar de Estados Unidos, aunque de poder elegir sería en California o Arizona; pero Véra se oponía rotundamente y él sabía que contra su voluntad no había nada que hacer.

Delante del ascensor del hotel había un enjambre de gente y se puso nervioso, volvió a asaltarlo aquel extraño temor por Mitia. Subió a la sexta planta, la última, y se dirigió directamente a la puerta de la habitación de su hijo.

Véra fue a su encuentro envuelta en una bata, blanca como el papel.

–¿Cómo está Mitia? –espetó él.

–Ha venido el médico. Tiene una gripe fuerte y por la tarde la fiebre se le ha disparado a 38,7. El doctor le ha recetado paracetamol; la chica del servicio nos ha traído un comprimido con el té y Mitia ya se lo ha tomado. Ahora duerme y me ha pedido que te diga que tienes prohibida la entrada a su habitación.

–Las prohibiciones están para transgredirlas. ¿Ha comido?

–No tiene hambre.

–Tendremos que tirarle de las orejas. Y tú, ¿cómo estás?

–¿Yo? No es nada, solo un catarro con algo de fiebre. Pero no te me acerques.

–Vete a la cama, Véra, voy a preparar té para los tres. A mí también me hará bien.

–Ya me encargo yo.

Nabokov mandó a su mujer a la cama con firmeza y preparó una gran tetera. A Véra le llevó un tazón con galletas a su habitación. Colocó una segunda taza en una bandeja, puso en un plato el resto del pato frío del almuerzo y unas rebanadas de pan, y en otro dispuso unos dulces rellenos de confitura de albaricoques del cercano cantón de Valais, los preferidos de Dmitri.

Abrió la puerta. El hijo dormía y dejó la bandeja en la mesita de noche, que estaba despejada. Le pareció que a Mitia todavía le faltaba algo. ¡Un libro, claro! Cogió dos tomos y valoró las posibilidades entre la *Divina Comedia* de Dante y la *Ilíada* de Homero. Al final se decantó por la *Divina Comedia* y la dejó en la mesita de noche junto a la bandeja con la comida.

Se sentó en el sillón y contempló al hijo que dormía.

6

Le vino a la mente su llegada a Nueva York. En la aduana del puerto no encontraban la llave del baúl donde tenían guardadas todas sus pertenencias y, al final, dos policías tuvieron que abrirlo a la fuerza. Además de los libros, manuscritos y mariposas había unos guantes de boxeo, porque Vladimir enseñaba a Mitia a boxear. Los policías se pusieron cada uno un guante y entre gritos y cantos representaron un combate. Así les dio la bienvenida América: una señal del destino, pensó el escritor, y sonrió.

Vivir en el exilio en Alemania o en Francia no había sido difícil; a veces Vladimir tenía la sensación de estar en Rusia, ya que había miles de emigrantes rusos viviendo allí. La llegada a Estados Unidos, con una cultura y unos valores tan distintos de los europeos, fue una verdadera prueba. Al principio −y de hecho no solo al principio− los americanos le parecieron de otro planeta. «Ninguna de mis novelas –pensó– logró describir las penas del exilio, aquella incomprensión que asomaba a cada paso.» Cuántas veces se sintió ridículo, cuántas veces se enfadó con los demás por no entender lo que para él era tan claro. Y la mayor congoja fue darse cuenta de que debía cambiar su idioma literario. Véra le estaba siempre encima y cada vez que él tomaba notas en ruso, profería estricta e implacablemente: *In English, please.* Véra lo intuía, su sexto sentido se lo decía, y al final se lo confirmaron también sus amigos, escritores y críticos literarios Edmund Wilson y Mary McCarthy, y ellos sabían de qué hablaban. Todos estaban de acuerdo en una cosa: si en América no se convertía en un escritor americano, no iba a significar nunca nada.

Véra insistió en el uso del inglés con una voluntad de hierro. Él se decía que, en su caso, la inspiración siempre había sido como una carga eléctrica, un impulso. Se moría de ganas de escribir, pero de escribir en ruso, y de repente no le estaba permitido. Quien no ha pasado por eso no puede imaginarse la angustia que supone. Desde entonces le pareció que el inglés era solo una ilusión y un sucedáneo. Pero no había vuelta atrás.

Abandonar la lengua rusa, tan querida y flexible, y enfrentarse a un idioma para el que no tenía sensibilidad al cien por cien fue una de las tragedias de su vida. A menudo lo asaltaba la sensación de que sus frases carecían de sentido, que ni él mismo las entendía. ¡Cómo esperar que lo hicieran los lectores! Recordaba su infancia, su aya inglesa, las noches con sus padres leyendo a Dickens o Stevenson en versión original, sus estudios universitarios en Cambridge, y se preguntaba cuál de aquellos era su inglés. Poco a poco, y con la sensación de estar metiéndose en algo que no entendía, de no ser más que un impostor y un estafador, fue creando su propia lengua, su inglés americano escrito por un extranjero. No fue hasta después de muchas tentativas que aquel estilo barroco empezó a fluir de su pluma, claro que mucho más falto de ritmo que en ruso, aunque también en la lengua materna había escrito siempre con una lentitud infinita. Le parecía que cuánto más se concentraba en el estilo, tanto más se le escapaba la trama, que se disolvía en la niebla detrás de las palabras, y de sus sinónimos, y de los antónimos y los sinónimos de los antónimos, de los juegos de palabras... A él le encantaban los juegos de palabras, que también para Irina Guadagnini eran algo natural. Una vez hizo un comentario al respecto delante de Véra. La primera reacción de ella fue palidecer, pero luego empezó a probarlo también, aunque sus juegos de palabras fueran más bien fósiles.

Véra tenía una cualidad: mientras transcribía *Lolita* y otras novelas nunca se sorprendió de la carga erótica de numerosos pasajes, como mucho observaba que estaban escritos como poesía en prosa. El principio de *Lolita* fluyó de la pluma de Vladimir por sí solo; aquellas palabras marcaban un ritmo y una melodía, una atmósfera nostálgica a toda la novela. Volvió a repetírselas: *Lolita, light of my life, fire of my loins. My sin, my soul. Lo-lee-ta: the tip of the tongue taking a trip of three steps down the palate to tap, at three, on the teeth. Lo. Lee. Ta...* Eran palabras intraducibles que solo podrían saborear los que dominaran bien el inglés, es decir, solo unos *happy few*.

Se rio al pensar en las disertaciones académicas en las que sus autores se preguntaban si Nabokov era un escritor ruso o un escritor americano. La última enciclopedia soviética publicada lo definía como autor americano. Debían de tener razón, pensó. Un autor americano que se pudría en un pueblo suizo de mala muerte entre gente de provincias y campesinos. Hacía ya mucho que había perdido su flexible ruso y le parecía que en aquel nuevo exilio suizo perdía también el inglés. Pero Véra estaba convencida de que era el lugar ideal para los dos, que allí podían concentrarse en el trabajo... Una cosa estaba clara: Véra temía que él pudiera soñar como antes con mujeres urbanas y cosmopolitas como Irina, con actrices estadounidenses... Ay, ¡la divina Marilyn! ¡Qué mujer! Toda ella pecho y rosas...

Y el revólver en el bolso de Véra...

Vertió sus sufrimientos con la lengua y la experiencia de ser extranjero en su obra *Pnin*. El profesor Timofey Pnin era un doble suyo que, igual que él, hablaba un inglés peculiar con una curiosa pronunciación y un acento desconocido, «El pasajero de edad madura sentado junto a la ventana del costado norte de ese tren inexorable, al lado de un asiento vacío y frente a otros dos, también vacíos, era nada menos que el profesor Timofey Pnin. Increíblemente calvo, tostado por el sol y bien afeitado, Pnin comenzaba en forma bastante imponente con esa cúpula marrón que era su cabeza, las gafas de carey (que ocultaban una infantil ausencia de cejas), el labio superior simiesco, el grueso cuello y aquel torso de hombre fuerte embutido en una ceñida chaqueta de *tweed*; lo que no le impedía terminar, de manera harto decepcionante, en un par de piernas ahusadas (metidas ahora en pantalones de franela y puesta una sobre otra), y en unos pies de aspecto frágil, casi femeninos.»[1] Los críticos, los estu-

---

1. Traducción de Enrique Murillo.

diantes y los profesores preguntaban a menudo quién era en realidad Pnin. ¿Un bufón? ¿Un personaje tan cómico que incluso los profesores americanos lo imitaban? ¿O, muy al contrario, un personaje patético, un pierrot, un amante desdeñado convertido en el hazmerreír de todos? Solo unos pocos repararon en que Pnin era sobre todo el más noble y puro de sus personajes. Era su Don Quijote.

En la habitación de Montreux, el hijo dormía plácidamente, con la frente perlada de sudor. Vladimir se arrellanó más en el sillón; durante el paseo el viento lo había cansado y se sentía amodorrado. Recordó un sueño que había tenido cuando llevaba ya tres años en Estados Unidos, en 1943. En él veía morir entre grandes sufrimientos a su hermano Serguéi en una litera de un campo de concentración nazi. Al despertar pensó que era un disparate, que Serguéi estaba a salvo en Austria, en el palacio de Hermann, su pareja. Pero no se quedó tranquilo porque creía en los sueños; si uno no los ignora, siempre le cuentan algo sobre uno mismo, sobre los demás, sobre el presente y el futuro. Al día siguiente, Vladimir recibió una carta de su hermano Kiril, que había conseguido su dirección a través de la revista *The New Yorker*, donde le habían publicado un cuento. En ella le notificaba que Serguéi había muerto no hacía mucho en un campo de concentración cerca de Hamburgo, debido a la desnutrición y los problemas de estómago derivados de ella. Más tarde supo que en 1943 habían detenido a Serguéi en Berlín por homosexual; sin embargo, al cabo de cinco meses fue liberado del campo de concentración gracias a la ayuda de la prima Onia. Como no quería seguir viviendo en Berlín ni en Alemania, país que detestaba, encontró empleo en una de las oficinas de emigrantes rusos de Praga. Nunca ocultó su desprecio por la Alemania de Hitler y el régimen nazi, al que criticaba abiertamente. Un día se enzarzó en una discusión con unos intelectuales alemanes que aseguraban que la cultura alemana era la más elevada y la mejor del mundo. Por lo visto, Serguéi disputó con ellos hasta el amanecer y criticó los delirios de grandeza y el chovinismo alemanes; su crítica, al parecer, llegó a oídos indebidos y empezaron a seguirlo. Lo arrestaron de nuevo cuando ayudó a uno de sus amigos a huir de Alemania a Inglaterra: lo acusaron de espiar para los británicos y lo mandaron a un campo de concentración.

La noticia conmocionó a Vladimir. En los últimos tiempos se había distanciado de Serguéi, había sido muy crítico con él no solo porque amara a un hombre, sino también porque se trataba de un hombre de habla alemana. No obstante, tras leer la carta de Kiril, se dio cuenta de que la realidad era distinta: Serguéi se había portado como un héroe. Vladimir se sintió orgulloso de la franqueza, sinceridad, coraje y determinación de su hermano, y se avergonzó de haberlo reprobado en voz alta delante de miembros de su familia y conocidos; se sintió tanto más abatido por ser demasiado tarde para ponerle remedio. Y en aquel momento, sentado en el sillón del hotel de Montreux, lo inundó una ola de sudor frío: aunque hubiera pasado el tiempo, seguía avergonzándose de ello.

Se levantó para cubrir a su hijo. Se acercó a la ventana y se concentró en un recuerdo que se había despertado en él al pensar en Serguéi...

Ocurrió en la primavera de 1907 en Vyra, en una de las residencias de verano de los Nabokov, en los alrededores de San Petersburgo. Tras un largo, tardío y abundante almuerzo, tanto los anfitriones como los huéspedes se dirigieron con el café a la terraza. A él, un muchacho de ocho años, lo retuvo el tío Vasili Rukavíshnikov, diplomático, al que todos llamaban Ruka.

–Nos quedaremos en el comedor donde da el sol, ¿te parece, Volodia?

Sentó al niño en su regazo y lo acarició susurrándole al oído que era su gatito, y el pequeño Vladimir se sintió abochornado. Experimentó un gran alivio cuando su padre entró en el comedor procedente de la terraza. Vladimir se dio cuenta de que estaba molesto con su cuñado por el tono de frialdad e intransigencia con que le dijo: «*Basile, on vous attend*. Estamos en la terraza»; a él lo mandó a su habitación. Sin embargo, el tío Ruka, un hombre esmeradamente elegante que en la solapa del abrigo gris perla llevaba siempre un clavel violeta y al que le gustaba recitar en voz alta poemas que él mismo había escrito en francés, por la noche acudió a la habitación de Volodia. Le pidió al muchacho que le enseñara su colección infantil de mariposas y, mientras la contemplaban juntos, con su bigote sedoso le hacía cosquillas en la cara y prosiguió con su ternura, sus caricias y toqueteos cada vez más atrevidos. Esos encuentros eran agradables y desagradables, tentadores y repugnantes a la vez. Duraron unos cuatro años.

Un verano el tío Ruka fue a su propia finca, que lindaba con la de los Nabokov. Vladimir, que entonces tenía doce años, acudió a esperarlo a la estación. Observó cómo su tío, un hombre que parecía salido de una novela de Proust y que se asemejaba a uno de sus encantadores personajes, el homosexual Charlus, descendía por la escalera del largo tren internacional. Viajaba con media docena de baúles gigantes y siempre sobornaba al ferroviario del expreso del norte para que hiciera una excepción y parara en su pequeña estación de provincias. Ruka examinó a su sobrino de soslayo y dijo:

–¡Ay, pobre, que amarillento y feúcho te has puesto!

Una vez, con la promesa de un regalo mágico, avanzó con sus piernas algo cortas y los zapatos blancos con mucho tacón, llevó a Vladimir hasta el árbol más cercano, arrancó con delicadeza una hoja y se la ofreció con las siguientes palabras en francés: «Para mi sobrino, la cosa más bella del mundo: una hoja verde». Dicho esto, se dio la vuelta y se fue.

El día que Vladimir cumplió quince años, se llevó al chico a su despacho y, con su francés riguroso y pasado de moda, le anunció que lo había convertido en su único heredero:

–Y ahora ya se puede ir, *l'audience est fini*. No tengo nada más que decir.

Era una herencia de muchos millones de dólares. Con un tono parecido, Humbert Humbert, el protagonista de la novela más célebre de Vladimir, le había dado a Lolita, ya casada y con diecisiete años, dinero como regalo de boda... que al final no le sirvió de nada porque la chica murió en el parto. A Vladimir le pasó algo parecido pues, tras la Revolución de Octubre, la herencia del tío Ruka se convertiría en papel mojado.

El pequeño Volodia, entre las olas del Atlántico y las playas de Biarritz, se enamoraba cada verano de una chica distinta: de la serbia Zina, de la parisina Colette, y deseaba probar con ellas los juegos del tío Vasili. Sus padres lo sorprendieron una vez por una calle a oscuras cogido de la mano con una niña y lo mandaron enseguida a la cama; otra vez fue al cine con Colette y allí planearon una romántica huida juntos.

Cincuenta años después de lo sucedido, Vladimir describió en *Lolita* los juegos del tío Vasili y sus propias sensaciones como víctima infantil. Tuvo que escribir la novela para arrojar luz sobre lo que había experimentado en su infancia; lo amalgamó con el placer que a los dieciséis años sintió abrazado a Liusia y su trauma por la pérdida de ese primer amor adolescente. Retomó el tema de la seducción a los niños, esta vez explícitamente, en *Pálido fuego*.

Fue el recuerdo de los juegos del tío Vasili lo que le impidió aceptar la homosexualidad de su hermano y, a decir verdad, la homosexualidad en general, cada vez estaba más convencido de ello. Le costó más de una crítica, sobre todo en América. Se había equivocado. Si pudiera retractarse...

Nabokov se retiró de la ventana y miró a su hijo.

Mitia, febril, se había vuelto a destapar; lo cubrió de nuevo con el edredón, le acarició el pelo, muy suavemente para no despertarlo, y luego acercó los labios a su frente ardiente.

–¡Por Dios, Volodia! ¿Qué haces? ¿Quieres contagiarte?

Véra se hallaba en la puerta envuelta en una bata, majestuosa y altiva como de costumbre, soltándole reproches en un susurro. No, no quería contagiarse, musitó él a modo de respuesta. Pero no tenía motivos para temer un contagio, pensó; se sentía estupendamente y enfermar le parecía imposible. Véra no podía saber que había estado pensando en su hermano y que había querido compensar con el hijo el cariño que ya no podía darle a aquel.

—Véra —dijo al entrar los dos en el salón y, como muchas otras veces, también entonces sintió que en su mujer podía encontrar amparo.

Le vino un recuerdo a la cabeza. Tras su boda, Véra acompañó a su madre a un balneario de la Selva Negra y él le mandó una carta. Aquel verano le escribía con un tono ligero y juguetón, más acerca de tomar el sol, jugar al tenis y los baños en el Wannsee que sobre su actividad literaria. En aquella época escribió una sola narración, el aparentemente frívolo «Un cuento de hadas», que trataba sobre un seductor de mujeres tan torpe como insaciable; Vladimir quedó encantado con su relato. Al volver Véra de la Selva Negra, esta cogió las riendas y lo orientó hacia donde ella quería, así que las siguientes cartas desde París y Londres las redactó como si le rindiera cuentas para demostrarle que no holgazaneaba, sino que cumplía su cometido con diligencia. Vladimir sonrió y ahuyentó el recuerdo.

—Véra —siguió, pensando otra vez en su hermano—, en una carta que te mandé a Berlín desde París te hablé de un almuerzo con Serguéi. Fue en el restaurante La Bastide, cerca del Odéon, lo recuerdo tan bien como que en los jardines de Luxemburgo empezaban a caer las hojas amarillentas de los castaños. ¿La recuerdas?

—Fue durante tu estancia en París en el otoño de 1932. Enseguida te la busco; toda la correspondencia está en el cajón de abajo. Serguéi… Serguéi… Aquí está:

Hoy he almorzado en un restaurante cercano a los jardines de Luxemburgo con Serguéi y su pareja. Tengo que admitir que su amigo es un hombre muy agradable, delicado y sensible que no pone de manifiesto su orientación; además, tanto su rostro como sus modales resultan muy atractivos. El único momento en que experimenté una sensación algo molesta fue cuando se les acercó un hombre con el pelo rizado y los labios rojos; pero solo fue un instante.

Vladimir pensó en la injusta e infundada aversión que había sentido hacia la homosexualidad hasta que se enteró de que su hermano Serguéi había muerto en un campo de concentración. Pero no, aquella repulsión no era infundada: emanaba de los manoseos de su proustiano tío Ruka, que murió en el año 1916, todavía joven, solo, en el hospital de Saint Maur, cerca de París, de una angina de pecho. Sebastian Knight, el protagonista de la novela homónima de Vladimir, murió también en un hospital de París y también de una angina de pecho.

8

Madame Furrier, con su rubio bigotito de zorro, les había preparado la cena: un surtido de creps dulces y saladas acompañadas de vino blanco, un Chablis Grand Cru Grenouilles. Vladimir encendió una lámpara de pie con luz tenue y se sentó frente a Véra, que ya tenía preparado en la mesa, junto a su plato, el texto del día que, como todas las noches, tenía intención de analizar para que la comida no fuera una pérdida de tiempo. Aquel día, sin embargo, no llegó a coger las cuartillas. La cena olía de maravilla, sobre todo la crep de salmón.

–¿Te acuerdas de cuando vivíamos en París y a veces no teníamos para comer? –preguntó ella a media voz.

Vladimir sirvió el vino y se dijo que era una pena que Véra solo le permitiera tomar una copa durante la cena. Según su razonamiento, lo hacía para que no perdiera neuronas cerebrales, pues según ella el alcohol las perjudicaba. Vladimir no creía en esas cosas y, cuando lograba escapar a su control, se servía otra copa. No pudo evitar reírse para sus adentros al recordar una vez que Véra invitó a un editor a tomar una copa a su apartamento; dejó la botella abierta en la mesilla y fue con el editor al despacho de Vladimir a mostrarle algo. Cuando volvieron al salón y Vladimir vio que Véra buscaba la botella, informó sin más: «Se ha tirado por la ventana...».

Después se quedó pensativo: sí, París, no era solo el hambre... Tras la Revolución rusa de 1917, salvo unas pocas excepciones, el conjunto de fuerzas creativas con amplitud de miras abandonó la Rusia de Lenin y Stalin y se fue a París. Y a Berlín y a Praga.

–Una vez –continuó Véra–, Nina Berbérova..., esa que iba de escritora, ¿sabes?, que también se marchó a América, aunque ya después de la guerra, y ahora da clases en la Universidad de Filadelfia... Pues eso, que Nina nos trajo un pollo. Lo puse enseguida a cocer; tú estabas en cama.

Vladimir sabía que Nina no «iba de escritora» sino que era escritora, a pesar de no haber leído su obra; era algo que se sabía sin necesidad de leerla. Pero no comentó nada: Véra se irritaría y diría que defendía a Nina. Se la imaginó, delicada y morena, aun en su pobreza siempre extraordinariamente atractiva y elegante, trayéndoles un pollo, los ojos sin vida del ave como cabecitas negras de alfiler en una cara pálida que colgaba muerta y de la que goteaba la sangre al suelo y sobre el abrigo negro de Nina. Vladimir se rio con ganas.

–No te rías, Volodia, a mí me ofendió que ella, pobre también, nos echara en cara sin ningún tipo de consideración que estábamos todavía peor. Se compadeció de nosotros como de unos pordioseros...

Vladimir continuó riéndose. Sabía que Nina los había ayudado por respeto a su talento; ella misma dijo una vez que Vladimir, con su obra, había redimido y justificado toda la ola posrevolucionaria en el exilio. Así que interrumpió a su mujer; ya no quería callar más:

–Pero el pollo nos lo comimos a gusto, nos alimentó y nos hizo bien. Así que ¿dónde está la ofensa? Su intención era buena.

–No lo era. Actuó intencionadamente. Y encima, después escribió sobre ello un estúpido artículo. Eso fue lo que más me molestó.

–Yo estaba con gripe y el pollo de Nina me ayudó a recuperarme. De verdad quería ayudar. Recuerdo bien la escena: tú le diste las gracias, le sonreíste; parecía un encuentro muy cordial.

–Nina no quería ayudar, vino con la intención de humillarnos. Y ¿que yo le sonreí? ¡Esa sonrisa no era más que una máscara! Se ve que no me conoces y que nunca me has comprendido.

Vladimir no respondió. Ese era un argumento frecuente de Véra: «Nunca te has esforzado en entenderme». Posiblemente tuviera razón: la verdad era que él nunca había sabido interpretar aquella sonrisa suya que ondulaba los labios de manera que la mitad izquierda sonreía y la mitad derecha, con la comisura hacia abajo, manifestaba amargura y sarcasmo. Prefirió pensar en otras cosas; lo que había dicho Véra le había traído otro recuerdo de aquella época: que el editor del periódico *Rul* (y de sus primeros libros), Yosif Gessen, le permitió con generosidad y benevolencia llenar el suplemento literario con sus rimas inmaduras sobre las noches azules de Berlín y los castaños en flor, pero también sobre sus pesadillas, aquellas que conoce todo exiliado político:

Me duermo –a Rusia en un instante
mi lecho como una barca me transporta
y enseguida estoy delante del abismo:
me llevan al escenario de la ejecución.

Con Nina había hablado a menudo sobre la angustia propia de los refugiados. ¡Qué lejos quedaba aquello! Y pese a todo, Nina emergió de repente en su imaginación tan viva como si hubiera viajado cuarenta años atrás y se hallara con ella en el bistró ruso L'Ours y los dos se partieran de risa. Ignoró el mal humor de Véra y, para distraerla a ella y también a sí mismo, bebió un poco de vino y empezó a contar una anécdota de Nina:

–Estábamos juntos en el bistró L'Ours pues teníamos un asunto que tratar, un premio literario o un artículo. Durante muchos años, Nina fue pareja del gran poeta ruso emigrado Vladislav Jodasevich, un hombre frágil, amargado, hecho de ironía, sarcasmo y humor negro, buen amigo mío. Ella se presentó con su aire oriental, flexible, ataviada con un vestido color perla y yo... ya sabes, a los treinta y ocho años era lo que ya no soy: moreno (este pelo ralo es lo único que me ha quedado), con rasgos finos, esbelto y atlético, y ese día llevaba una camisa blanca. Comíamos blinis (los del cocinero del bistró L'Ours eran célebres por ser finos, crujientes y sabrosos) con pescado ahumado y falso caviar; al principio lo regamos con vodka y luego el *maître* nos trajo una botella de vino tinto. Nos reímos, brindamos una y otra vez por cualquier cosa. Según Nina, mi erre de Petersburgo vibraba sin parar.

»–¿Dónde escribe, Nina Nikolaievna? –le pregunté.

»–En verano en casa, en la mesita coja con vistas a las chimeneas parisinas, o bien en la mesa de un café. En invierno no escribo en casa, no tengo calefacción. Más o menos como todo el mundo, ¿no?

»–Como todo el mundo no. Yo escribo principalmente en la *toilette*, si es que al cuartito de mi piso de las afueras se le puede aplicar tan noble palabra.

»–¿Por qué en el servicio, Vladimir?

»–Sobre todo porque le da el sol toda la mañana. Y también, aunque sea secundario, porque en el piso no hay ningún mueble.

»–¿Viven en un piso vacío?

»–Totalmente vacío. Cuando Véra o mi hijo quieren ir al servicio, tengo que interrumpir el hilo de la narración. Pero ellos lo saben y son muy considerados; beben poco.

»Nina se rio como si no fuera a parar nunca. Y brindó por mi peculiar escritorio.

»–Siempre hay una silla y una mesa, como yo prefiera, pero nunca las dos cosas a la vez. Le voy a dar un consejo como escritor, Nina, aunque a usted no le hacen falta. No olvide que, a pesar de tener algún que otro inconveniente por ser una habitación bastante frecuentada, la *toilette* suele ser el lugar más tranquilo de un piso.

»El *maître* se acercó para llenar nuestras copas. Pagué y me disculpé por no haberme fijado en lo tarde que se había hecho y le expliqué que desgraciadamente tenía que atender una cita de trabajo. Nina dijo que al menos así podría degustar sin interferencias la comida que le quedaba. Tiempo después, Nina y otros miembros de la emigración rusa que aquel día comían allí me contaron lo que ocurrió a continuación. Dos jóvenes rusos, aparentemente un pintor y un escritor novel, se acercaron a la mesa en la que, tras mi retirada, Nina estaba sola.

»–Nina, le presento a mi amigo Nikolai Vasílievich Makéyev, pintor, discípulo de Odilon Redon, periodista, político y autor del libro *Rusia*, editado en Nueva York –dijo el escritor.

»–Conque un hombre renacentista –repuso Nina con una sonrisa irónica. El joven sonrió y miró sin parpadear a Nina.

»–¿No es ese Nabokov suyo un poco engreído y fanfarrón? –aventuró.

»–No. ¿Qué se lo hace pensar? –le cortó Nina.

»–Se dice que en sociedad finge no conocer a su mejor amigo o que, a propósito, llama a alguien por ejemplo Iván Ivánovich sabiendo bien que se llama Iván Petróvich. ¡Ya verá cómo un día la llama Nina Alexándrovna! Y también le gusta alterar los nombres para mostrar con ironía y sarcasmo su superioridad; por ejemplo al libro *En el zulo* lo llama «En el culo».

»–No sé adónde quieren ir a parar –respondió Nina con sequedad–. Vladimir Vladímirovich tiene sus rarezas, pero ¿quién no las tiene? ¿Saben?, cuando en 1929 salió *La defensa* en la antología *Escritos contemporáneos*, leí la novela dos veces seguidas.

»–¿Dos veces? –se sorprendió Nikolai.

»–Sí. Tenía en las manos una obra exigente de un gran autor, de un autor maduro, complejo. De repente supe que del fuego y las cenizas de la Revolución bolchevique y el exilio ruso había surgido, como ave fénix, un gran escritor.

»–Habla de ello con mucha solemnidad.

»–Así es, porque para mí suponía que en adelante nuestra existencia de escritores en el exilio tendría sentido. La obra de Nabokov justificaba a toda mi generación.

–He leído sus artículos en *Últimas noticias*, Nina Nikolaievna. ¿Cómo puede hablar usted de generación, de justificación? ¿No ha dicho en varias ocasiones y con una certeza que, tengo que reconocer, exaspera al lector, que no solo los escritores sino también las personas están solos? ¿Acaso Nabokov tiene en cuenta a su generación? Nabokov tiene su lugar en la literatura y, sin duda, lo tendrá durante mucho tiempo, pero ¿significa eso que los demás, y entre ellos usted, sobrevivirán a su sombra?

»–Responderé por partes. Sé y estoy convencida de ello que cada persona es un mundo, un universo en sí mismo, un infierno en sí mismo. De ningún modo pienso que Nabokov puede arrastrar a su inmortalidad a un escritor mediocre. Pero ofrece una respuesta a las dudas de los que viven en el exilio, a todos los mancillados y humillados, a los que, a menudo injustamente, pasaron desapercibidos, a todos los que en el exilio han sido dejados de lado.

»Y después profirió en voz baja, más para sí misma que para sus acompañantes:

»–¡Esa miserable, insensata, infeliz, pobre, cobarde, triste, devastada y hambrienta emigración rusa de la que formo parte! El año pasado murió el gran poeta Jodasevich; estaba en los huesos, tendido en un colchón hecho jirones con las sábanas despedazadas, sin dinero para pagar un médico o medicamentos siquiera. Este año voy a casa de

Nabokov y me lo encuentro en la cama, enfermo, en un estado deplorable. ¿Quién será el siguiente?

Véra había dejado de comer y guardaba silencio, ensimismada. Recordaba los celos que en aquella época había sentido de la atractiva, intelectual y original Nina.

Vladimir también estaba meditabundo; pensaba que en el París y el Berlín de la época los emigrados rusos hablaban sin parar de una sola cosa: de Rusia y de su suerte como expatriados. Él había compuesto un poema corto sobre el tema que introdujo en la novela sobre el exilio *La dádiva*:

> *Gracias, patria mía, gracias por todo aquello*
> *que en la cruel distancia me toca soportar.*
> *Lleno de ti, sin tu reconocimiento,*
> *hablo conmigo mismo.*
> *Incluso el alma se siente en un aprieto*
> *en mi cotidiano monólogo nocturno*
> *si mi locura balbucea*
> *o si tu música se intensifica...*

Véra recordó una vez más el pollo que había arrancado de las manos de Nina Berbérova para meterlo enseguida en el horno.

Se miraron y se rieron. Vladimir le cogió mano y se la besó con ternura. Aquella noche disfrutaron como nunca de cada sorbo de Chablis, de su sabor y color miel, y de cada bocado de crep. Hasta descubrieron una de caviar.

9

Madame Furrier, con la sonrisa pintada de rojo debajo de su bigote de zorro simpático, se llevó en una bandeja los restos de la cena a la cocina, dispuso dos tazas sobre la mesa y entre ellas dejó la tetera con la tisana de la noche. Vladimir sirvió a Véra la infusión de hierbaluisa, después llenó también su taza y miró la pequeña fotografía enmarcada que descansaba sobre la mesita: Mitia le había sacado esa foto en la montaña de La Videmanette; por supuesto, llevaba pantalones cortos y el cazamariposas en la mano, estaba fuerte y moreno, y abarcaba con la vista el valle de Gstaad. ¡Qué todopoderoso se había sentido! Entonces todavía caminaba durante varias horas cada día, subía montañas y en la cima sentía un vertiginoso placer. Aquel día en lo alto de La Videmanette le dijo a Mitia que había alcanzado todo lo que se había propuesto y había deseado en esta vida, y que era inmensamente feliz.

Mientras tanto, Véra fue a buscar las correcciones de la novela de Vladimir *Cosas transparentes*, traducida al francés, para repasarlas. Su marido leería las correcciones después de ella.

Él recordó lo mucho que había vacilado mientras escribía *Cosas transparentes*: llevaba cinco años fuera de Estados Unidos, por lo que el ambiente americano le quedaba lejos. ¿Dónde tenía pues que situar la novela? Al final decidió que la trama se desarrollaría en los Alpes suizos; sin embargo, el personaje principal sería estadounidense y la protagonista femenina, suiza con raíces rusas. Pero seguía teniendo la sensación de que en la novela había algo falso, que la acción transcurría en un mundo artificial que no existía, como ya ocurría en *Ada o el ardor*. Pero no había remedio, era demasiado tarde para mudarse de nuevo a Estados Unidos, así que en silencio se arrellanó en el sofá con la prensa del día en inglés para desviar sus pensamientos. Los titulares danzaron por delante de sus ojos: «La compañía KLM asume su responsabilidad en la colisión de dos aviones en la isla canaria de Tenerife; el número de víctimas mortales asciende a 583». «Un comando del grupo terrorista Baader-Meinhof dispara al fiscal general Buback y a su chófer.» «El terremoto de Bucarest deja 1.500 víctimas.» «El comando neofascista español AAA, que pretende que España se desvíe del proceso democrático, ha abierto fuego en Atocha provocando una masacre en la que han resultado muertas cinco personas y heridas otras cuatro.»

Dejó a un lado los periódicos. Le dolía la garganta, pero no dijo nada para no preocupar a Véra. Sorbió la infusión caliente y se revolvió un rato en el sillón.

–Voy a tumbarme en la cama, anoche no descansé bien –anunció, y se fue a su cuarto.

La pared entre las dos habitaciones era delgada, así que siempre estaban al corriente de lo que hacía el otro. Al correr las cortinas vio que Venus brillaba sobre el lago. Venus, la Vía Láctea… el cielo estaba cubierto de estrellas.

Al retirarse, Véra lo había seguido con mirada preocupada. La alarmaba verlo tan encorvado y arrastrando los pies por la moqueta. Se inclinó de nuevo sobre las correcciones.

En su habitación, Vladimir pensó en Véra: siempre le había ayudado mucho. Como durante sus clases en la Cornell University a principios de los cincuenta…

Entró en el aula llena de estudiantes con decisión, vigor y alegría, como un actor que fuera a recoger un premio por su interpretación en una película. Las alumnas lo miraban con ojos brillantes: era alto y, aunque calvo y treinta años mayor que ellas, apuesto, diferente y sofisticado; sobre todo era un extranjero que había vivido en las más variadas metrópolis europeas, sus clases tenían un contenido atractivo y de alto nivel... y además él, el profesor Nabokov, era para la mayoría de esas chicas el primer europeo con el que se cruzaban en la vida. Por él se pintaban los ojos y los labios. Vladimir estaba seguro de una cosa: Véra sabía que su marido se había convertido en un mito en el campus universitario. Él se sentía halagado y más de una de estas jóvenes le gustaba; algunas coqueteaban abiertamente con él y él temía todas estas atenciones porque sentía una fuerte tentación. No flirteaba con ellas pero, cuando Véra no estaba presente, se mostraba muy atento:

–Ah, señorita Rogers, veo que lleva algo nuevo –dijo cuando una de sus alumnas favoritas regresó de las vacaciones de Pascua con un anillo de prometida en la mano.

Al entrar en el aula en invierno, primero se sacudía el gabán cubierto de nieve, se quitaba las botas de goma que llevaba, al estilo ruso, encima de los botines lustrados, y luego Véra lo ayudaba con el abrigo. Se lo colgaba en el perchero y entonces se quitaba ella misma el gorro, los guantes y el abrigo. No, no era así. Véra se sentaba en la parte central de la primera fila y se dejaba el abrigo sobre los hombros. En el bolso llevaba una cajita con las tizas; la abría y las ordenaba por colores, y durante la clase que daba su marido o bien le pasaba las tizas o, a su dictado, escribía notas varias en la pizarra. ¿No le molestaba eso a ella?, pensó Vladimir. Y ¿cómo había podido él consentirlo?... Quién sabe, pero lo consintió.

¿Por qué pensaba en ello esta noche? Véra misma se había ofrecido, era ella quien quería sentarse en la primera fila y escuchar sus clases magistrales. Como madame Perov en su cuento «Bachmann»; lo escribió pocos años después de haber conocido a Véra y previó en él cómo sería su relación. Véra era madame Perov sentada en la primera fila de la sala de conciertos frente al genial Bachmann, y con admiración y veneración prestaba atención a su virtuosa interpretación al piano. Hacia el final del cuento, el agente del pianista dice que Bachmann nunca ha amado a su madame Perov. Véra le preguntó sorprendida si de verdad el pianista no había amado a su hada; le parecía que no era posible. Pero si Vladimir lo había escrito así, era que no: Bachmann no la había amado. El arte no miente. En el cuento había retratado a un gran artista y a una mujer a la que el artista no amaba. No la amaba y sin embargo la necesitaba imperiosamente para su arte. Amar y necesitar: hay una gran diferencia. Mientras lo escribía, Vladimir pensaba vagamente en sí mismo y en Véra, de la que le gustaba la combinación de gracia femenina y aquella tenacidad poco femenina, según él, con la que sacaba adelante sus libros. Lo mismo que a Bachmann le gustaba de madame Perov.

Véra en sus clases de la Cornell University... Sin duda, ella no ignoraba lo que se rumoreaba sobre el profesor Nabokov y su alumna, la hermosa y morena Katherine Peebles: que en las oscuras tardes de invierno se cogían de la mano mientras paseaban por el campus, que deambulaban por el parque y las calles, tomaban una taza de chocolate caliente en los cafés que les quedaban de camino, que el profesor en varias ocasiones había envuelto a la muchacha en su largo abrigo guateado, que en las calles oscuras se besaban. Véra no sabía que de ese modo Vladimir reproducía, como en un gramófono, un disco rayado del que nunca se hartaba: los viejos recuerdos de Liusia, pero también de Svetlana e Irina Guadagnini. Véra no lo sabía y debía de decirse que acompañar a su marido durante las clases era un mal menor. Y para él resultaba práctico: Véra lo mantenía a raya. Cuando no se quedaba en el aula, lo esperaba en el coche tras sus clases de la tarde delante de la cafetería estudiantil para llevárselo lo antes posible a casa, lejos del peligro.

Los estudiantes lo entendían cada uno a su manera y admiraban la dignidad con la que Véra realizaba tal servicio. Era lo que pensaban ellos, pero Véra era feliz así, se dijo Vladimir. Se peinaba a los lados el cabello brillante, sin teñir, de un blanco perlado, que le caía hasta los hombros. En la clara piel rosada no había ni una sombra de maquillaje, y un cordón de perlas blancas destacaba sobre el jersey negro. Se mantenía recta como una vela con la cabeza erguida con orgullo y en los labios llevaba siempre dibujada una media sonrisa como si todo estuviera en perfecto orden, como si servir al Maestro, como decía ella, fuera el acto más común y natural del mundo.

Vladimir sabía que los estudiantes, después, susurraban entre ellos que Véra era la dama más noble que habían visto nunca. Y que Véra era consciente de que a él no habían dejado de interesarle ni las chicas ni las mujeres. Él mismo le había contado muchos años atrás que aquel deseo se lo había despertado la historia sentimental truncada con su primer amor, Liusia. En la residencia de verano de San Petersburgo, se escondían juntos en las profundidades del jardín, donde fueron sorprendidos varias veces. Ya como profesor Nabokov, cuarenta años después, salía al atardecer a pasear por la nieve con la coqueta Katherine, del mismo modo que el joven Vladimir deambulaba con Liusia por las calles invernales de San Petersburgo buscando entre los canales un rincón oscuro donde protegerse de las miradas ajenas. ¿Sabía Véra que el trauma de ese primer amor roto se había mantenido vivo en su marido para siempre?

Necesitaba escribir la historia de un depredador de niñas; era una urgencia para él y le dio vueltas durante décadas. Había escrito *El encantador*, pero no, no era eso, no quedó satisfecho. Se lanzó a una nueva tentativa en lo que debía llamarse *Reino junto al mar*, hasta que en verano de 1948 cayó en sus manos un periódico que narraba el caso criminal de un mecánico, Frank La Salle, que había raptado a una niña de once años, Sally Horner, y durante casi dos años la tuvo a su merced huyendo de la ley con su presa de un lugar a otro a través de Estados Unidos. Vladimir se quedó prendado de esa historia terrible y fascinante, tanto más porque reconoció en ella ecos de su propia experiencia infantil. Él, que siempre dejaba en sus libros pequeños guiños dirigidos a sus lectores, incluyó en la novela *Lolita* una referencia al caso, que puso en la boca de su protagonista masculino, Humbert Humbert: «¿Habré hecho a Dolly tal vez lo que Frank Lasalle, un mecánico de cincuenta años, había hecho a Sally Horner, de once años, en 1948?», revelando así la procedencia de la estructura que imprimió a su novela. Sally acabó rebelándose al igual que se rebelaría Lolita, y pocos años después de su rebelión y su liberación ambas chicas, la real y la inventada, acabaron muriendo.

Vladimir necesitaba escribir la verdad acerca de su tío Ruka. No podía dejar de mencionarlo en *Habla, memoria*: retrató al refinado tío que hacía sentar al Volodia de nueve años en su regazo y, mientras le acariciaba, murmuraba palabras cariñosas y canturreaba en voz baja. Recordando ese primer encuentro con el tío Ruka compuso la escena en que Humbert Humbert llega al clímax con Lolita en su regazo, confiando en que la niña no se dará cuenta de nada.

Siempre necesitaba alimentarse de su memoria, se dijo a sí mismo. «Nunca he podido entender la necesidad de escribir cosas inventadas –pensó–, cosas que no han sucedido de una manera u otra en la realidad... Me gusta dejar que mi corazón haga volar su imaginación y, para el resto, depender de la memoria, esa larga sombra crepuscular de la verdad personal.»

Había escrito *Lolita* por las tardes hasta bien entrada la noche; los domingos no se levantaba de la cama y escribía. No podía evitarlo. Lolita era no solo su *alter ego* como víctima infantil de su depravado tío, sino que la novela reflejaba también la desesperación del escritor que anhela escribir en su lengua materna y la tiene prohibida. En el libro pormenorizó también la vulgaridad de la cultura popular americana, que lo escandalizaba, si bien sabía que en Estados Unidos era más feliz de lo que lo había sido ya de adulto en ningún otro sitio y admiraba su cultura de las relaciones interpersonales. «En ningún lugar he encontrado tan buenos lectores como allí», suspiró.

Sin embargo, el verdadero paraíso, pensó entonces tumbado ya en la cama, no lo había degustado en América; el paraíso había sido su niñez. Vyra, la villa de verano de los Nabokov en las cercanías de San Petersburgo, con sus jardines, sus lagos y sus senderos en el bosque. «Puedo verlo todo –susurró para sí–: el dormitorio en Vyra, el papel azul de rosas, la ventana abierta. El cuadro lo completa el espejo ovalado que colgaba encima del sofá de piel en el que está sentado el tío Ruka, ahora calmado, proustiano, devorando con placer las hojas de un libro desvencijado. –Una sensación de seguridad, complacencia y calor veraniego invadió su memoria–. En comparación con una realidad tan potente, mi presente aquí no es sino una sombra. El espejo rebosa luminosidad; en la habitación de Vyra ha entrado volando un abejorro que choca contra el techo. Todo es como tiene que ser, nada cambiará nunca, nadie morirá nunca.»

Liusia también fue un paraíso real. La vio por primera vez en la residencia de verano de Vyra a finales de 1915, en una representación musical. Él estaba sentado unas filas más atrás y se fijó en su densa cabellera castaña recogida con una cinta de terciopelo negro. Después la vio en el bosquecillo de abedules, de pie, casi sin moverse (solo sus ojos erraban), y parecía como si hubiera sido engendrada allí, en medio de los abedules, los abetos y el musgo con la perfección muda de una creación mitológica.

Recordó que a finales de septiembre se acumulaban en el suelo varias capas de hojas caídas que llegaban hasta los tobillos. Por los claros del bosque volaban mariposas antíopes con el borde de color crema. El preceptor a cuyos imprevisibles cuidados habían sido confiados su hermano y él se escondía a menudo en los matorrales para poder espiarlos a Liusia y a él con unos viejos prismáticos, pero el jardinero descubrió al espía y avisó a la señora, la madre de Volodia. Este llevó a la chica de su corazón a los lugares secretos con los que había soñado con tanto delirio hasta que, en un pequeño pinar, dejó las fantasías atrás y se dejó llevar por el deseo. Como aquel año el tío Ruka no estaba, podían deambular libremente por su enorme y frondoso parque de doscientos años. En los bordes del camino de acceso, Vladimir arrancaba dalias y se las ofrecía.

Al llegar el invierno, paseaban bajo las alamedas escarchadas de encaje blanco de los parques urbanos de San Petersburgo y se acurrucaban uno contra el otro en los bancos helados. A menudo iban a los museos, donde buscaban las salas apartadas y silenciosas cuyos espacios llenaban escenas mitológicas por las que nadie mostraba ningún interés. El Hermitage ponía a su disposición bellos rincones, especialmente uno detrás del sarcófago del sumo sacerdote egipcio Ptah.

De todas las primaveras, la de 1916 le parecía la más representativa de San Petersburgo. Liusia con el cabello corto y un sombrero blanco nuevo, recostada sobre el respaldo de un banco en los jardines Alexandrovski; junto a los aseos públicos, las lilas en plena explosión; el repique de las campanas de la catedral, el aire fresco sobre la ondulada superficie azul marina del Nevá. Y luego llegó un maravilloso verano. Veía a Liusia feliz, intentando retirar de puntillas las ramas del cerezo para ganarse los relucientes frutos; el mundo entero y sus árboles daban vueltas en sus pupilas sonrientes y, debido al esfuerzo, bajo su brazo levantado una mancha oscura se derramaba por el vestido amarillo. Se adentraron en las profundidades del bosque forrado de musgo, se bañaron en una bahía de ensueño y se juraron amor eterno junto a las corolas de las flores con las que tanto le gustaba fabricar refinadas coronas. A finales de verano, Liusia volvió a la ciudad y encontró un empleo.

Aunque nunca lo había reconocido, aunque quisiera creer que fue él quien se alejó de ella para poder vivir otras aventuras amorosas, tenía claro que la jovencita y risueña Liusia no pudo aguantar sus absurdos e injustificados celos, su terquedad y su agobiante atosigamiento y... se fue. Sí, la pequeña Liusia lo dejó.

Recordó entonces –con una intensidad que le desgarraba el alma– un atardecer de la primavera de 1917. Tras el invierno de su incomprensible separación, se encontró por casualidad con Liusia en el tren. Pasaron un par de minutos entre dos estaciones uno al lado del otro, en el pasillo del vagón que se contoneaba y chirriaba, ella alegre, con una tableta de chocolate en la mano de la que iba rompiendo pedacitos, él abochornado y abrumado por el dolor. A un lado de las vías, en las ciénagas azuladas, el humo oscuro de la turba ardiente se fundía con un enorme sol poniente del color del ámbar que en aquella época del año no llegaría a ponerse; esa misma noche, Aleksandr Blok anotaría una mención al humo de la turba y al cielo que vieron Vladimir y Liusia. Ahora encontraba una conexión significativa entre el paisaje y el momento en que vio a Liusia por última vez: ella bajó del tren y se volvió para mirarlo antes de desaparecer en la penumbra de la pequeña estación, impregnada de los aromas de finales de primavera, de jazmín y de la locura de los grillos; ni siquiera ahora, al cabo de tantos años, había nada que pudiera acallar la intensidad del dolor que entonces sintió.

Mucho después escribió sobre Liusia en la novela *Máshenka*, donde describió fielmente su relación desde los primeros paseos en barca, pasando por las ardientes citas en escondidos rincones de los jardines, hasta las cartas que ella le escribió desde su asilo en Ucrania tras la Revolución y su exilio en Crimea.

Al cabo de muchos años volvió en otro libro a su paraíso estival y a las villas en las cercanías de San Petersburgo. En *Ada o el ardor*, Ada, de doce años, corretea con Van, de catorce, detrás de las mariposas; juntos desarman sus larvas, se tienden en las acículas y en el musgo, corren a través de las alamedas bordeadas por viejas estatuas lisiadas en Ardis Park, en el planeta Antiterra. Los paletos de los críticos escribieron en sus reseñas que la novela hablaba del autor y su mujer. ¡Qué desatino! Los muy torpes, los muy imbéciles no se daban cuenta de algo tan elemental como que, para que una relación sea picante, tiene que ser prohibida. Solo Vladimir sabía que, en su mundo, la sensual Ada y el seductor Van eran transfiguraciones de Liusia y él, también de Irina Guadagnini e incluso en cierta medida de él y su tío Ruka.

10

Al día siguiente, cuando Vladimir se levantó para desayunar, tenía la voz ronca, y un día después estaba afónico. Notaba que tenía fiebre pero no quería echarse en la cama; deseaba con todas sus fuerzas estar sano y fuerte. Se tumbaba, sin embargo, cada vez más a menudo y, al cabo de unos días, ya no se podía levantar. El 19 de marzo miró si tenía fiebre: estaba a 38. Véra llamó al médico y este mandó una ambulancia. Una hora después se encontraba en el hospital Nestlé de Lausana, donde le diagnosticaron gripe.

Tras unos días de marzo cálidos para la estación, llegó una primavera larga, fría y lluviosa con frecuente aguanieve. Nabokov volvió a casa, a la *suite* del hotel Montreux, el 7 de mayo para poder celebrar con Véra el día 8: hacía cincuenta y cuatro años que se habían conocido en el baile de disfraces de Berlín. El termómetro del balcón marcaba solo cinco grados, el viento del norte que llegaba de los Alpes doblaba los árboles de los alrededores del lago y la gente se protegía avanzando encorvada con paraguas que el vendaval giraba del revés y rompía. Vladimir corrió las cortinas anaranjadas para tener sensación de sol y calor. La calefacción en el hotel funcionaba como en invierno.

El 10 de mayo llegó una pareja de estadounidenses, Ellendea y Carl Proffer, de la Universidad Ann Arbor en el estado de Michigan, quienes publicaban en la editorial universitaria Ardis la obra completa de Nabokov en ruso. Trajeron cinco volúmenes ya publicados y firmaron el contrato para el resto. Nabokov se alegró de que se hubieran acabado los problemas con las editoriales; los había tenido a lo largo de toda su vida a pesar de que Véra lo había ayudado enormemente encargándose de la correspondencia y de los asuntos financieros. Se sintió satisfecho de que una editorial seria publicara su obra completa en ruso, y sobre todo era feliz de estar de vuelta del hospital. Bromeó sin parar: que si tenía una hija andaluza, que si se había sentado encima de una tetera caliente que alguien había dejado en el canapé...

El 18 de mayo escribió en su diario: «Pequeño delirio; 37,5 grados. ¿Puede ser que todo vuelva a empezar?». El 5 de junio la fiebre le subió a 38. «Causa desconocida», diagnosticaron en el hospital donde ingresó enseguida. Incluso enfermo no perdió el buen humor y hacía planes para trasladarse lo antes posible con Véra a la Costa Azul.

–En Cannes volarán las golondrinas a través de las calles, como hace cuarenta años, ¿recuerdas, Véra?

Véra no respondió.

–Además, los parques de Cannes, en verano, se llenan de mariposas blancas, las *Pieris rapae* –siguió inmerso en su ensueño–. Alguien me dijo que si una mariposa blanca entra en tu casa, significa que tu suerte cambiará para mejor.

Véra seguía callada. «¿Habrá entendido que fue Irina Guadagnini quien me habló de las mariposas blancas?», se preguntó Vladimir. Era posible; de hecho, conociéndola, era probable. Rápidamente dirigió la conversación hacia su salud.

–Cannes, sí. Hará sol y calor, me pondré bien. En cuanto me recupere un poco, partiremos para el sur de Francia –prometió.

Pero no se recuperaba, su debilidad se hacía cada día más patente.

–Nuestro paciente va mejorando –le dijo al cabo de unos días uno de los médicos a Véra, al salir con ella de la habitación de Vladimir en el hospital, y acompañó su observación con un guiño alegre.

–Tiene usted un don especial para la observación. De verdad, colosal, no se le escapa nada, doctor –repuso Véra con una mueca–. Yo, al contrario, intuyo que mi marido se va.

Dejó al médico en el pasillo, boquiabierto, y regresó a la habitación. Encontró a su esposo hurgando entre las pequeñas cuartillas con el material para el libro que tenía a medio escribir.

–Véra, si no tuviera tiempo de acabar *Laura*, hay que destruirla.

Véra guardó silencio.

—¿Está claro? Destruir, sin compasión. Prométemelo, mi amor.

Véra, sin embargo, no pensaba en la novela sino en que Vladimir le estaba confirmando lo que ella acababa de decirle al médico. Asintió sin escuchar.

—No me escuchas, cariño. Destruirás mi manuscrito, ¿verdad, Véra? ¿No harás con él lo que Max Brod con la obra de Kafka?

—¿Qué quieres decir?

—Kafka le pidió a su amigo Brod que, tras su muerte, destruyera toda su obra. Brod, sin embargo, no respetó su voluntad, la entregó a los editores y encima escribió una biografía de Kafka llena de falsedades —explicó Vladimir haciéndole un guiño tan pícaro que, por un momento, Véra sintió un poco de alivio. Y con el corazón tranquilo le prometió lo que le pedía.

11

El calendario marcaba el 2 de julio. Vladimir volvió en sí del mundo del ensueño. Se sentía débil. ¿De verdad se moría? Se lo había imaginado de otro modo. Le vino a la cabeza un poema sobre el tema que había escrito hacía cinco años:

> *¡Cuánto amé a Gumiliov!*
> *No tengo fuerzas para volver a leerlo.*
> *Recuerdo, sin embargo, rastros de palabras,*
> *fragmentos del ritmo y algunos de sus versos:*
> *«... No moriré en la casa del jardín,*

sudado y con el estómago lleno.
En una cima salvaje, así será mi fin,
de mariposas rodeado, y sereno».

¿Era el raro ensueño lo que le hacía sentirse tan abatido? No, pensó. Las responsables eran las potentes pastillas, drogas perfectas con las que lo cebaban en el hospital. No sabía si quería volver a sumergirse en los sueños y acabar la proyección de aquella visión o no. La llamaría «Un encuentro a la orilla del mar».

Un número viejo de la revista rusa *Rul*, publicada en Alemania, que hacía unas semanas su hermana Elena le había traído al hospital, le reveló que Irina había muerto el año anterior. La autora de la necrológica no mencionaba la causa de su fallecimiento. La definían como poeta y publicaban cuatro poemas suyos, bastante flojos, por decirlo en pocas palabras. Pero aquellos versos sentimentales sobre la unión de las almas que viven alejadas y se pasan la vida buscándose se referían, con absoluta certidumbre, a él, Nabokov.

Irina Guadagnini, su bella hechicera Irina, había muerto el 28 de octubre de 1976. Calculó cuántos años tenía: setenta y uno. Buscó en su diario las notas de aquel día, tomadas sin conocer todavía su muerte. Su anotación decía: «Hoy no he tenido humor para nada, no me apetecía hacer nada, he estado raro y todo se me caía de las manos».

La visión de Irina en la playa lo dejó tocado varias horas. Cuando Véra y Mitia entraron en la habitación, no tenía ganas de hablar. Fingió que carecía de energía.

–Mejor no lo cansemos. Debe de oírnos, pero no tiene fuerzas para hacerlo constar.

No obstante, él estaba muy contento de que hubieran ido a verle, como todos los días. Cuando alguna vez empeoraba, uno de los dos se quedaba a pasar la noche en su habitación, en la cama que le preparaban en el sofá.

–Abre la ventana, Mitia.

Este hizo lo que su padre le pedía y lo besó en la frente, como de costumbre, y después en la mejilla: eso era una novedad.

–¿A qué viene eso, Mitia? ¡Si no lo hemos hecho nunca! –dijo Vladimir en broma, y se dio cuenta de que tenía la voz ronca.

Mitia no contestó, se limitó a sonreír desconcertado y conmovido. Véra acarició la mano de su marido y después la cara.

Vladimir comprendió que se despedían de él. La alegría de tenerlos a su lado llegaba a su fin. Se le inundaron los ojos de lágrimas. Dmitri le preguntó por qué lloraba.

–Porque las mariposas blancas ya han salido, vuelan por todas partes y yo no las veo.

Entró una enfermera en la habitación, donde la ventana seguía abierta; como de costumbre dejó la puerta sin cerrar y se originó una corriente de aire. La enfermera estornudó una vez y volvió a hacerlo dos veces más, una detrás de otra. Dmitri se precipitó a cerrar la puerta. El estado del paciente, sin embargo, empeoró rápidamente; tenía los ojos cerrados y respiraba de modo irregular. Su piel había adquirido el color de la cera.

Eran las siete de la tarde, el sol todavía estaba alto cuando por la ventana entró volando una mariposa amarilla y revoloteó por la habitación; luego se posó en la cama. Dmitri, inclinado encima del enfermo, recordó que un día su padre le había contado que en la palabra griega para «mariposa» es *psyché*, igual que para «alma», y que los griegos antiguos creían que la *psyché* salía volando de la boca del que muere como si fuera una mariposa.

Vladimir abrió los ojos: en los dos se reflejaba la mariposa. Se le ocurrió fugazmente que lo último que vería en este mundo sería una *Gonepteryx rhamni*. Volvió a cerrar los ojos y dejó de respirar.

II

IRINA EN LA PLAYA

Cannes, 1937

Al salir de la estación, le cayó una hoja a los pies. La primera hoja de otoño, se dijo, pero enseguida se corrigió: «La primera hoja de otoño en la que me he fijado». El contraste entre el cielo veraniego y la hoja caída la sorprendió.

El sol todavía no había salido a pesar de ser ya las ocho menos cuarto. Su paso ligero y su esbelta figura atraían, a veces, la mirada de los hombres en la calle, más que su cara, demasiado discreta para ser considerada bella. A medida que el sol empezaba a despuntar dorando los tejados y los balcones superiores, ella descendió por las calles hacia donde presentía el mar. Había dejado el maletín en la consigna de la estación. En el bolso, además de las gafas de sol, llevaba solo el bañador, una pequeña toalla y el monedero.

Estaba aturdida tras haber pasado la noche en blanco en el tren. Había sido incapaz de dormir; los nervios por cómo acabaría su visita le impedían conciliar el sueño. Se sentó en la terraza de una cafetería en una calle todavía ensombrecida, desde donde se vislumbraba el centelleo de una franja verde de mar. Tomó un café y el cruasán apenas lo mordisqueó: no podía tragar nada. Pagó y se dirigió a la placita Frédéric Mistral, donde se fijó en una casa en la que había tendidos tres bañadores: uno de hombre, uno de mujer y el tercero de niño. Pensó que no estaba bien que mirase hacia la ventana de ese modo, así que desapareció detrás de la esquina y se fue a pasear por el muelle, hasta que emprendió sin prisas el camino de vuelta. Cuando volvió a la plaza, la ventana de la casita se abrió y una mano de mujer cogió suavemente el bañador masculino y el infantil, y se desvaneció en la oscuridad del interior del piso. Irina no se movió, se quedó esperando.

De la casa salió un hombre alto con un niño. A los treinta y ocho años seguía siendo esbelto y flexible como un árbol joven en el viento de primavera. Irina no se decidió a dar unos primeros pasos detrás de ellos hasta que no hubieron avanzado un buen trecho. El hombre y el chiquillo pasaron por un parque en el que crecían palmeras, olivos y ficus; después se introdujeron en un oscuro túnel subterráneo que daba al paseo marítimo y aceleraron el paso. Irina caminaba detrás de ellos cada vez más resuelta y sabía que los acabaría alcanzando. En el túnel, que amortiguaba el ruido de sus pasos, empezó a correr. Al salir al sol ralentizó la marcha pero, unos cien metros más adelante, vio al hombre alto avanzando a buen paso y casi arrastrando al niño detrás. No le quedaba otra que acelerar y casi echar a correr si quería alcanzarlos todavía en el paseo, pues no se imaginaba acercándose a ellos en la playa con sus sandalias de tacón. Necesitaba hablar con él en serio y la playa quitaría solemnidad a su encuentro, que podía ser el último. Pero aquello significaba que, si torcían en ese momento a la izquierda y bajaban por las escaleras de piedra hacia la arena, su viaje se iba al traste. Caminó tan deprisa como pudo; la traía ya sin cuidado que se oyera el repique de sus tacones sobre el pavimento. Estaba recortando mucho la distancia con las dos siluetas. El hombre ralentizó entonces el paso y, sin dejar de andar, le sonó la nariz al niño con un pañuelo. De caminar tan rápido, a Irina los ojos le hacían chiribitas y pensó que se caía. Pero sus tacones siguieron adelante mientras la brisa marina le acariciaba el pelo corto con reflejos dorados y jugaba con su ligera y traslúcida falda. Los tacones interpretaban su propia melodía sobre el pavimento... y el hombre, como contra su voluntad, se dio la vuelta. Se quedó parado; sus ojos, sin movimiento, se clavaron en ella.

–Vaya... así que has venido –dijo más frío que sorprendido cuando se le acercó–, a pesar de que te escribí...

En aquel momento pasaron dos ancianos bajitos que llevaban a casa bollos y una *baguette* para desayunar; se dirigieron al hombre y saludaron también al niño:

–*Quel matin! Glorieux! Bonjour, petit!* Después de cenar, venga con su mujer a casa; los Dujardin también vendrán, jugaremos una partida de *bridge*.

El hombre, todavía bajo los efectos del encuentro inesperado con Irina, no pudo decir nada; apenas esbozó una sonrisa desconcertada y una inclinación de cabeza.

La pareja se alejó y el niño tiró de la mano de su padre para que fueran a la playa.

Irina vio que se acercaba otro conocido que saludaba con la mano al padre y al hijo. Para que no se le escaparan, murmuró:

–Estoy aquí... Tengo que... tenemos que...

El hombre de mediana edad que los acababa de saludar cruzó a su lado con paso militar. Saludó a Vladimir en ruso y a ella la miró con curiosidad. Con una curiosidad excesiva que rayaba en la insolencia, pensó Irina.

Cuando el hombre se alejó, el chiquillo volvió a tirar con fuerza de la mano de su padre para que se fueran de una vez, pero su padre no le hizo caso. Quieto, la miraba como si no pudiera creerse que de verdad estuviera allí; luego agachó la cabeza.

–¿Cuánto tiempo vas a...?

–Tranquilo, hoy mismo me voy. No tienes por qué preocuparte –contestó ella irritada, a pesar de haber reservado habitación para tres noches en el hotel de enfrente de la estación y de no tener ninguna intención de marcharse tan pronto.

–Papá, yo me voy. Quiero bañarme. Dame el bañador.

–Un momento, Mitia, enseguida vamos –le dijo al chiquillo, aunque mirando todavía a Irina. Y tan frío como antes, se dirigió a ella–: Espera, no te vayas aún. Tenemos que hablar, es verdad.

Irina no lo reconocía, nunca le había hablado así.

–¿En qué hotel estás alojada?

–En el de enfrente de la estación. Espera, ¿cómo se llama?... ¿Hotel del Viajante? ¿Del Forastero? ¿Del Inglés?

Estaba nerviosa y no recordaba el nombre del hotel en el que había hecho la reserva. Y había olvidado también que acababa de decir que se iría pronto, ese mismo día.

Se lo había imaginado de otro modo. Recordaba que, hacía apenas unas semanas, le había escrito en una carta que si quería, ella se iría con él. A donde fuera. Tal vez a otra ciudad de la Riviera donde es primavera eternamente; sí, primavera, esa era su estación... Pero ahora ya empezaban a caer las hojas. «Nos iremos juntos a algún lugar», le había escrito Irina. Reaccionaba así al comunicado de él en que la informaba de que su mujer se había enterado de que mantenían correspondencia y de que la situación en casa se había vuelto infernal.

Y ahora estaban los dos frente a frente, debilitados por los nervios.

El niño seguía tirando del padre.

–¿Por qué has dejado de escribirme, Volodia? ¿Dónde están todas esas promesas de que pronto veríamos un punto de luz al final del túnel y que la luz nos llevaría hacia el sol, el aire, la libertad?

–No he podido hacer nada. No vale la pena hablar de ello, pero en casa la situación era tan terrible que llegué a sentir pánico de...

Irina tosió un poco porque se ahogaba. Sin embargo, logró dominar rápidamente los celos y el dolor y dijo con el mayor desapego posible:

–Y ¿no se te ocurrió pensar alguna vez en cómo me sentía yo? Sin ti, apenas sin cartas...

–No me tortures. Dime, ¿qué tengo que hacer?

–Ven conmigo. Ahora mismo.

–Pero no puedo cerrar de golpe la puerta a catorce años de vida sin sombras, así sin más.

Vida sin sombras. Repetía esas tres palabras hasta la saciedad, también en las cartas. Irina se dio la vuelta.

Había oído a lo lejos el tintineo de un cascabel: por la acera se acercaba un borrico con los cascos pintados de rojo. Lo conducía un hombre ataviado con un gorro frigio rojo.

–Me voy, no vale la pena esperar. No nos volveremos a ver nunca más, será lo mejor.

–Irina, por favor, ten paciencia. Todo pasará y volverá a ser como antes. Espérame y en invierno vendré a verte.

–¿Solo?

–Pues... no lo sé. No te lo puedo prometer con certeza. Pero seguro que pronto se solucionará todo de algún modo. Ya verás.

El borrico se les acercaba; los cascabeles tintineaban alegremente y el niño tiró otra vez del padre. Deletreó el cartel del lomo del animal:

–*Freddie, La Regina di Gelato*. ¡Papá, quiero un helado del burro, lo ha traído para mí! ¡Para mí, papá!

Y pataleó en la acera tirando del padre en dirección al pequeño asno con fuerza redoblada.

El hombre siguió ignorándolo y resistiendo a la presión. A ella le dijo a media voz:

–Tengo que irme.

–¿Tienes que irte? Pues vete.

Se volvió para irse; vio que él quería impedírselo, que hacía un movimiento como si quisiera detenerla. Se marchó oyendo entre su decidido taconeo la voz del hombre que gritaba detrás de ella:

–¡No te vayas, Irina! ¡Todo se arreglará!

2

Se dirigió a la playa, se quitó las sandalias de tacón y se tumbó. Sintió, incluso a través de la toalla, la arena fría tras la noche de septiembre. Tumbada, le llegaba el griterío de los niños que jugaban en el agua. El sol picaba más y más. Quería ir al agua pero no tenía fuerzas para ponerse el bañador. Se sentó en la toalla y miró a su alrededor. Entre tanto la playa se había llenado. Localizó al hombre: estaba sentado en una toalla como ella y vigilaba al niño, que jugaba con un cubo en el agua y le mostraba algo sin parar. Su toalla quedaba bastante cerca. El hombre no la miró ni una sola vez, como si no estuviera allí. Ella se fijó entonces en una mujer esbelta que se acercó al niño. Le dijo algo, le dio unas palmaditas en la mejilla y tendió su toalla junto a la del hombre. Él le sonrió como si nada hubiera pasado, como si ella, Irina, no estuviera allí, como si nunca hubiera existido. La mujer se sentó delante del hombre y él untó crema en la espalda de ella con sus manos morenas, casi negras. Luego la mujer se dio la vuelta con un movimiento ágil y se tumbó bocabajo; Irina observó lo placenteros que le resultaban el sol y la arena entonces ya caldeada.

A ella en cambio el sol la irritaba, no sabía dónde esconderse. No se sentía para nada emparentada con los italianos de Cremona; en aquel momento era más que nunca una Kokóshkin de San Petersburgo. En un cambiador cercano se puso el bañador, pero no se atrevía a acercarse al agua. Igual desde allí divisaría su mirada, que le resultaría insoportable. Además, le faltaban fuerzas. Recorrió con la vista su alrededor pero los niños que trasteaban con cubos y palas, con flotadores de goma hinchables y balones y animales la hastiaban. Se tumbó para dejar de ver los colores de los trajes de baño y de los parasoles, además del brillo del mar y del sol. No quería tenerlo en los ojos, hubiera preferido que el cielo se nublara e incluso que se pusiera a llover. Sí, sería mucho mejor si cayera un chubasco.

Tumbada cara al sol, era incapaz de moverse. De repente oyó unas palabras en ruso: «Nos encontramos a las tres en el parque». Era la voz de él, pero volvía a sonar fría y distante. Entreabrió los ojos: el contorno de su cabeza recortado sobre un cielo ardiente de mediodía. No le vio la cara, que quedaba a la sombra. Recordó que, en las cartas que él le había mandado últimamente, había algo extraño, algo que antes no estaba. Como esa voz. Se sentó, se sacudió la arena y miró el mar sin verlo.

3

Vladimir también miraba el mar; estaba de pie entre las olas, a unos cuantos metros de ella. «En este momento el mar tiene el color de sus ojos», se dijo, y aquel pensamiento le pareció una estupidez y algo *kitsch*. *Poshlost*, una bella palabra rusa que designaba lo vulgar, lo banal y lo ordinario. Pero por mucho que aquella imagen fuera ordinaria, no por ello cambiaba ni el color de sus ojos ni el del mar. Cuando en febrero de aquel año, 1937, tras una presentación en una librería parisina, se le había acercado aquella esbelta mujer de unos treinta años con la petición de que le firmara un libro, vio solo aquel color azul turquesa que por un momento lo deslumbró. Dio una patada a la punta blanca de una ola para ahuyentar aquella imagen indeseada, pero era inútil: volvía una y otra vez. Entonces, en febrero, la simpática y juvenil madre de la muchacha los había invitado a su hija y a él a tomar un té en una cafetería donde descubrieron que, durante las dos primeras décadas del siglo, en Petersburgo, habían pertenecido al mismo círculo. La señora era la viuda del político Kokóshkin, que había sufrido un atentado, y él enseguida se encontró como en familia y sintió un gran vínculo con esas mujeres que habían perdido al marido y al padre del mismo modo que, una vez ya emigrado en Berlín, los nacionalistas fanáticos rusos habían matado al suyo en un atentado. La hija

Irina Kokóshkina se hacía llamar Guadagnini, apellido de su abuelo italiano, un violinista de Cremona. Después Vladimir las visitó en su casa varias veces y a Véra, que seguía con el pequeño Mitia en Berlín, donde hasta entonces habían vivido los tres y donde ella, a pesar de su origen judío, mantenía su bien remunerado empleo, le escribió encantado sobre las dos mujeres. Al cabo de un tiempo, sin embargo, se fijó en que la madre Kokóshkina caía a veces en el ridículo al alabar continuamente a su hija como si la quisiera vender al mejor postor, y empezó a dedicarse por completo a Irina.

Salían juntos al cine a ver viejas películas que los dos adoraban, pero también las más recientes; descubrían cafés y bistrós, librerías y parques, y pronto se convirtieron en una pareja inseparable conocida en los círculos de los emigrantes rusos. Cuando más tarde Vladimir vio que Irina pasaba devotamente la mano por la hendidura que su cabeza había dejado en la almohada o que guardaba las colillas de sus cigarrillos en el cenicero como unas reliquias, se asustó y escribió largas cartas a su mujer rogándole que acudiera lo antes posible a París. Sin embargo, puesto que Véra no estaba al corriente de la situación, no tenía ninguna prisa: «Antes deberíamos visitar a tu madre. Se lo prometí», escribió ella. Entonces él lo probó de otro modo: «¿No ves que en Alemania el cielo se está nublando encima de ti? Eres judía, ¡cómo puedes seguir viviendo en ese nido hitleriano lleno de antisemitismo! ¡Tienes que salir antes de que te hagan algo horrible!». Pero Véra replicaba que en su empleo la apreciaban y valoraban. Y una y otra vez volvía a sacar el tema de Yelena Nabokova: «No le podemos hacer eso, Volodia, tenemos que ir a verla cuanto antes».

Vladimir sabía que en eso Véra llevaba razón: tenían que ir a ver a su madre. Pero había un obstáculo, ¡en París estaba Irina Guadagnini! Sabía que lo que debía hacer era ir a Berlín, recoger a su familia, salvar a Véra y Mitia de las garras de los nazis y llevarlos a Praga a casa de su madre, pasar allí un mes o dos y después largarse los tres a algún lugar, adonde fuera, lejos de París, donde los círculos de los exiliados rusos conocían sus sentimientos por Irina. Pero no se decidía a hacerlo y en lugar de ello pasaba los días enteros con Irina. No le apetecía ni escribir, solo se hacía un hueco casi a diario para escribir cartas a Véra y acallar de ese modo su mala conciencia. De todas formas, seguía oyéndola muy a su pesar. Le salió una fuerte erupción y sufría insomnio.

¿Por qué no podía vivir sin Irina? ¿Tan hermosa era?, se le ocurrió mientras ayudaba a ponerse el flotador a Mitia, que lo salpicaba todo. Más que bellezas deslumbrantes, Vladimir escogía siempre a mujeres esbeltas y vivas; Irina, además, tenía facilidad para los juegos de palabras. Sabía que escribía versos y, por un par de muestras que había visto, sabía también que se trataba de versos mediocres inspirados en Anna Ajmátova: ¿cómo era que esa gran poeta había dejado detrás de sí toda una procesión de poetas mediocres que la veneraban devotamente? También sabía que Irina no era una erudita, ni siquiera era lo suficientemente instruida; su ignorancia llegaba hasta el punto de cometer faltas al escribir en francés. Pero ese pensamiento salió volando de su mente y, en su lugar, se introdujo la imagen de la ternura y sensualidad tan femeninas de Irina. Con Véra llevaba ya catorce años: catorce años maravillosos, soleados, sin sombras, se dijo con un susurro, y repitió las palabras que hacía un momento había proferido también delante de Irina, cuando hablaban de su matrimonio. A Irina la conocía desde hacía apenas seis meses de los que él llevaba cuatro fuera de París. Irina había sido su sorpresa de primavera, pero ¿acaso se podía abandonar la felicidad conyugal por una relación de dos meses? Sabía que se podía, había escrito repetidamente en sus novelas sobre cómo la pasión atolondra el sentido común y se lleva todo lo bueno y lo consagrado de la vida.

Un mes antes de ir a Cannes, había convencido a Véra para que fuera con Mitia a Praga a casa de su madre. Él esperó en París el visado para Checoslovaquia. Pero entre tanto le había caducado el pasaporte Nansen y la Administración francesa le denegó su prórroga: por lo visto, tenía que recogerlo en Berlín, lo que no pensaba hacer en ningún caso. Al final se solucionó todo y Yelena, la madre de Vladimir, pudo pasear bajo el sol de primavera con su Volodia y la mujer y el hijo de este por el barrio de Malá Strana y por el parque de Stromovka con los rododendros en flor hasta el palacio de Troya, sin parar de sonreír.

Vladimir hizo una escapada con Véra a la población termal de Františkovy Lázně, donde se alojaron en el hotel Egerlander. El balneario tenía un jardín sombreado por el que paseaban pavos reales. Vladimir se trató la fuerte erupción que un médico francés primero y uno checo después habían diagnosticado como psoriasis, producto de los nervios. ¿Había estado últimamente bajo mucha presión?, le preguntaron ambos doctores. A Véra las aguas termales le aliviaron el reuma que sufría todo el año. Estando con ella se dio cuenta de que la sentía como una amiga, casi como una hermana, y de que su mente estaba por completo con Irina en París.

Al cabo de unos días alguien le mandó a Véra desde París una carta anónima de unas cuantas páginas, escrita en francés aunque por una mano rusa, en la que le contaba al detalle la relación de Vladimir con Irina. Véra se lo creyó; todo estaba descrito con la máxima credibilidad. Vladimir lo negó y Véra no dudó de su palabra. Mas luego la mala conciencia empezó a atormentarlo y se le hacía difícil fingir que todo seguía igual. Escribió a Irina: «Esta ineludible vulgaridad del simulacro. De repente tu conciencia pone los pies en la tierra y tú te sientes como un malvado, un monstruo». Sin embargo, le rogó a Irina que siguiera escribiéndole pues no podía pasar sin sus cartas y le envió la dirección del librero praguense V. Korff, en cuya librería iba a celebrar pronto una presentación, para que le escribiera allí.

Al final se despidió de su madre sin pensar que sería la última vez. Se fue a otro balneario, Mariánské Lázně, donde se alojó en la Ville Busch con Véra, la hermana de ella y Mitia. Allí escribió el cuento sobre Alemania: «Nube, castillo, lago». Parecía que finalmente se iba para siempre de Alemania y ansiaba expresar su repulsión por la mentalidad germánica pero... ¿de verdad el cuento hablaba de esto? Integró también en su narración su temor de perder a Irina. Sí, presentía que ocurriría algo terrible y que tendría que renunciar irrevocablemente a ella.

Una vez en Cannes, sin embargo, fue él mismo quien reveló que seguía escribiéndose con Irina. Véra montó una escena tremenda y lo obligó a contarle toda la verdad. Le repetía una y otra vez que, si no podía estar sin Irina, se fuera con ella a París.

—Ahora no —profirió él abatido.

—¿Dices que ahora no? ¿Y mañana sí? —gritó Véra desesperada.

O quizá no fue así, Véra no gritó ni sintió desespero en ningún momento, tal vez solo al principio de la escena. Habló con él con frialdad y desprecio. Como si se dirigiera a un cubo lleno de basura. Le daba igual que se separaran; probablemente lo deseaba.

–Ahora no –repitió él consternado.

–Si no ahora, ¿cuándo?

–Ahora no –repitió una vez más, como un monje una letanía.

Era estúpido pero no podía evitarlo. Lo único que sabía era que en aquel momento no se iba a separar de Mitia y de Véra. Ella quería irse sola con el niño para que él no volviera a verlo. Vladimir, sin embargo, no estaba seguro de si en el futuro sería capaz de reprimir su deseo por Irina. No quería perder a Mitia ni tampoco a Véra, pero no tenía fuerzas para renunciar a Irina. En esos días, desde Praga, le escribió cartas de amor y celos.

Tengo siempre tantas ganas de hablar contigo que incluso disponiendo de poco tiempo, no puedo dejar de escribirte, aunque sean unas pocas palabras. Cada vez soy más consciente de que no te puedo compartir con nadie, pero ¿puedes tú renunciar a todo por mí? Pánico, desesperanza… Tanto te amo…

Ella le respondió con unos versos de la poeta Julie de Lespinasse:

Je vous écris et je déchire mes lettres.
Je relies les vôtres – elles me paressent toujours trop courtes.[1]

---

1. Yo le escribo y despedazo mis cartas. / Releo las suyas; me parecen siempre demasiado breves.

Vladimir no pudo evitar fijarse en un par de faltas que había cometido ella al copiar estos versos franceses. Pero lo que en los demás le molestaría, a Irina la hacía más cercana; le parecía que era humana y le resultó aún más deseable.

Llevaba ya varios meses en la incertidumbre y al borde de la locura. Acababa de vivir cuarenta y ocho horas de infierno familiar. A pesar de su situación desesperada, se sentía algo aliviado: todo había salido a la luz.

Sí, sentía alivio, pero tampoco tanto. Seguía sin saber qué haría finalmente y esperaba no verse obligado a renunciar a Irina. Al cabo de esas cuarenta y ocho horas durante las que él y Véra apenas durmieron ni comieron hasta que se desplomaban de cansancio, su mujer le anunció:

—Te doy un mes para que te lo pienses bien. Si decides irte, hazlo por favor lo antes posible. Pero si cuando venza el plazo sigues viviendo con nosotros, con tu familia, lo tomaré como una promesa de que te vas a quedar con Mitia y conmigo. Después ya no tendrás derecho a irte.

4

El ambiente en la *trattoria* junto a la roca era agradablemente fresco pero, cuando un poco antes de las tres Irina se sumergió en el calor veraniego de la calle, sintió un decaimiento. Por suerte el parque quedaba cerca. Se sentó en un banco de la entrada a la sombra de un plátano. Una hoja del árbol le cayó en el regazo; tenía forma de mariposa. No se la sacudió. El parque estaba desierto, excepto por una mujer mayor que cabeceaba en la entrada de los servicios, a la sombra de una higuera.

Las campanas de una iglesia cercana tocaron las tres. Con Vladimir todo tenía un matiz de desesperada urgencia. Cuando él volvió de Praga a París, a principios de julio, su familia se había alojado en casa de una prima de su mujer y él, en casa de unos amigos, los Fondaminsky. Tenían cuatro días para citarse antes de que él se fuera con su familia a Cannes, donde tenía la intención de permanecer hasta el invierno. Vladimir le contó que, al comprar los billetes de tren en Mariánské Lázně, le ofrecieron la posibilidad de sacarlos a mitad de precio y con entradas para la exposición universal de París con la condición de que viajaran por Alemania. Al final llegaron sin incidentes a la Gare de l'Est y ese mismo día visitaron la exposición. Había dos pabellones monumentales uno al lado del otro: el alemán y el soviético; aquello les disgustó. Tanta vulgaridad y absurdidad, según lo expresó Vladimir, hizo que se les pasaran las ganas y se fueron enseguida. Después, cumplida esta obligación familiar y gracias a la editorial Gallimard, Irina y él pudieron verse a diario: Vladimir tenía que negociar la publicación de su novela *Desesperación*, que iba a ser la primera en traducirse del inglés al francés; la traducción inglesa la había hecho el propio Vladimir con la ayuda de una editora inglesa con experiencia. La negociación con la editorial era el pretexto para salir de casa y quedar con Irina.

Llegó el día de la despedida. Ella se iría luego en metro a su casa, él se dirigiría a pie a su siguiente cita en el café Flore: lo esperaban allí el poeta Jules Superville y el escritor y artista Henri Michaux. Se despidieron delante de la estación de metro modernista de Saint-Michel. Él repitió que todo se arreglaría y que podrían volver a verse; era solo cuestión de tiempo, tenían que ser pacientes. Puesto que Vladimir no daba señales de tener intención de dejar a su familia, ella no preguntó qué era lo que se iba a arreglar ni de qué manera. Guardó silencio para no echar a perder su último momento juntos. Sin embargo, después se reprochó no haberle preguntado cómo pensaba hacerlo. Y, de hecho, esa era la razón por la que había viajado a Cannes.

Cuando él partió con la familia a la Costa Azul, al principio le escribía a menudo y cada carta era para ella como un rayo de luz en la oscuridad de su soledad; pero luego la correspondencia se fue espaciando cada vez más. Ella escribió un poema al respecto y, tras pensárselo mucho, se lo envió.

Las palabras de amor de Vladimir sonaban cada vez más vacías hasta que parecían muertas. Tal vez hablara a través de ellas un profundo desánimo, se dijo Irina. Con más y más frecuencia le rogaba que le perdonara, que «por muchas razones era preciso espaciar» la correspondencia. Al final le pidió que dejara «temporalmente» de escribirle. Cuando al final él mismo le confesó que, desde que su mujer había descubierto que seguían escribiéndose, su casa se había convertido en un infierno, ella se ofreció a acudir a Cannes para que desde allí pudieran partir juntos… para siempre. A vuelta de correo, él le pidió, por Dios, que no fuera. Con todo, ella fue: tenía que comprobar si todavía había esperanza. Y, a pesar de su prohibición, en otra carta le escribió unos versos del poeta Polonsky:

Tembló y me susurró:
«Escucha, ¡huiremos!
¡Seremos pájaros libres!».

De Cannes no llegó respuesta alguna.

Las campanas de la iglesia acababan de dar las cuatro y media.

El sol que se desplazaba hacia poniente alcanzó el banco en el que Irina estaba sentada. Se levantó; no tenía sentido esperar más. La voz de la playa que la había citado en el parque debía de haber sido una alucinación.

Con el bañador y la toalla, se sentó en la playa en el lugar en el que se había tumbado por la mañana. ¡Lo que daría por volver a verlo! Pero en la orilla ya no estaban ni él ni su familia, y sus toallas habían desaparecido. Paseó arriba y abajo por la playa dejando que las olas le bañaran los pies. Era tan agradable... como si el agua del mar quisiera darle lo que Vladimir le negaba. Caminaba ensimismada pero sin olvidar ni por un momento que tal vez él se hallara cerca. Aunque ella no lo hubiera advertido, él podía estar viéndola. Se sentía como si estuviera en un escenario y no pudiera permitirse cometer ni un mínimo error para no defraudar a un público invisible.

5

Mientras, tras el almuerzo y la siesta, él había salido de casa con Véra y Mitia; cruzaron el parque y se adentraron en el túnel en el que por encima de sus cabezas retumbaba el tren. Después de comer no había sido capaz de escribir nada. No se quitaba a Irina de la cabeza, habría querido salir a verla. Pero no fue posible. La tormenta en casa todavía no había amainado y Véra seguía observándolo. Por mucho que los dos se esforzaran en mostrarse agradables, complacientes y cuidadosos, su relación conyugal continuaba en tensión. Había que andarse con cuidado, tenía que representar bien su papel. Véra, que lo conocía como si para ella fuera transparente, lo advertía todo.

Al salir del túnel, el sol lo deslumbró. Por la playa pasó un vendedor ambulante de helados y Vladimir le ofreció uno de dos bolas a Mitia, más que nada para ganar tiempo y entre tanto orientarse un poco.

—Lo quiero de fresa y de limón —solicitó el niño.

—Yo tomaré solo una bola, de vainilla —sonrió Véra—. ¿Y tú de qué lo quieres, Volodia? Ya estamos otra vez en las nubes…

—Le estoy dando vueltas al siguiente capítulo, ya sabes… —dijo él tratando de que su voz no sonara molesta por el comentario de Véra.

En ese momento vislumbró a Irina flotando por la playa, ligera y con las piernas largas, recogiendo conchas y hundiendo los pies en la arena sobre las olas.

—¡Papá, papá! ¿Que no nos oyes?

—Volodia, ¿de qué quieres el helado?

Irina se detuvo con el mar de fondo y él le vio los ojos: parecía que alguien le hubiera perforado dos agujeros en la cabeza a través de los cuales él miraba las olas turquesas del mar. Sí, ¡así era! Sus ojos… eran exactamente del fascinante color del Mediterráneo antes de la puesta de sol, pensó.

Entonces respondió:

—¿Yo? De frambuesa, claro, como siempre.

Lo había puesto de mal humor que Véra lo estorbara por una tontería como un helado.

Véra se dirigió a su sitio habitual, tendió las toallas y Mitia fue a levantar un castillo donde las olas bañaban la arena. Vladimir no lo acompañó; Irina se acercaba al niño y a su castillo.

—Volodia, quiero tomar el sol un rato tranquila —dijo Véra terminándose su pequeña bola de helado amarillenta—. Ve a jugar con Mitia, por favor, que no le pase nada.

—Ya voy, deja que me termine el helado. Tengo el niño al alcance de la mano, no le puede ocurrir nada.

—Ya, pero me quedaría más tranquila si...

Véra no completó la frase, se tumbó bocabajo, hundió la cara en la toalla y expuso su espalda al sol.

Irina llegó hasta el primer muro del castillo que construía Mitia y sonrió al niño pero, sorprendentemente, él le hizo una mueca traviesa antes de devolverle la sonrisa. Ella rodeó el castillo y se sentó un poco más allá sobre su toalla. Vladimir le lanzó una mirada llena de gratitud, pero ella contemplaba las olas que le venían al encuentro y enseguida se retiraban sin tocarla; estaba hundida en sus reflexiones. Entonces Vladimir se acercó a Mitia y, de espaldas a Irina, lo ayudó a acabar de construir el castillo; era la mejor forma de evitar la perplejidad que le producía tenerla a la vista. Trató de pensar solo en el juego y en un momento levantaron un castillo gótico con cuatro torres provistas de almenas, murallas y puentes.

—Mira, mamá, aquí están las mazmorras —gritó Mitia alborozado mostrándole a su madre una de las torres—. Y esto es la cuadra donde guardan los caballos. ¿Oyes cómo relinchan? ¡El mío es el que tiene la crin blanca!

Empezó a soplar una brisa fresca y Véra se puso a guardar sus cosas en una gran bolsa. La playa se vació rápidamente. Vladimir no se permitió volver la vista hasta que se hubieron alejado un poco por el paseo. Entonces miró la playa ávidamente: Irina seguía sentada, contemplando el mar con la cabeza inclinada. Deseoso, desconsolado, examinó por última vez aquel cuello largo y aquella nuca redondeada que se hundía paulatinamente en el pelo corto y ondulado. Presentía que ya no habría otra cita y procuró grabar esa imagen en su memoria. Sí, por última vez.

6

Dejó que los pies la llevaran. Fue al faro. Una vez allí se sentó y miró el mar, pensando si había cometido algún error, mientras repasaba la época anterior a su primer encuentro. Había ansiado conocer a aquel atractivo escritor que sobresalía sobre los demás como un chopo solitario en medio de un prado. De hecho se habían conocido un año antes de la presentación, durante su anterior viaje a París. Después él le había escrito alguna vez, pero la mayoría habían sido cartas conjuntas para ella y su madre. Irina estaba convencida de que se había inspirado en ella al escribir el cuento «Primavera en Fialta», sobre una hermosa, extraordinaria *femme fatale*. Él aseguraba que lo había escrito antes de conocerla, pero Irina no se lo creía; en la historia la mujer aparecía representada como alguien que marcaba el destino de los hombres y esa era la imagen que se atribuía. El hecho de que Vladimir estuviera casado no la preocupó mucho: le gustaba y lo quería para sí, el resto no le parecía importante. Él nunca le había escondido que tenía familia y, de todas formas, ella ya lo sabía antes de que se conocieran. Él la había avisado de que estaba felizmente casado, pero ella creía en la fuerza del amor. Volvió a analizarlo todo y recordó la conversación que habían tenido por la mañana; se le ocurrió entonces lo que debería haberse callado y lo que, al contrario, tendría que haberle dicho bien claro y no lo había hecho.

Alguien se sentó a su lado. No quería ver quién era; tenía la sensación de que era él, casi podía notar su presencia. Esa cercanía la tranquilizó, como siempre lo hacía. Pero no. No estaba a su lado ni ya nunca lo estaría. Todo había terminado.

Oscurecía; el sol se había puesto hacía un buen rato y el mar se tiñó de violeta. Oyó cascabeles y volvió la cabeza: otra vez el burrito con los cascos rojos, *La Regina di Gelato*. Seguro que el animal se dirigía a casa, donde se hartaría de heno y se tumbaría. Todos volvían a casa, la única que no sabía qué hacer era ella. La sonámbula. Se levantó, acarició la crin del burrito y se dirigió al centro. A la estación. Pero antes de llegar, dobló por una callejuela a la derecha y apareció en la placita desde la que se veía su ventana. Entre tanto había caído la noche.

«Debo saber qué cartas tengo», se dijo. Vladimir siempre le decía que esperara, que tuviera paciencia, que todo mejoraría, que no podía vivir sin ella pero sin la mujer y el hijo, tampoco. Él tenía que decidirse. Debería decirle por qué había venido. Sí, debería ir a su casa, llamar a la puerta, presentarse y decirles a todos por qué había venido. El desenlace vendría por sí solo.

En toda la casa había una única ventana iluminada. Los tres bañadores volvían a estar tendidos: el de él, el de ella y el del niño. Una lámpara de mesa iluminaba el interior y su luz amarillenta alumbraba la pared y la mesa; en la habitación no había nadie. Al cabo de poco la luz se debilitó; una sombra se movía por delante de ella. Irina vio, delante de la lámpara encendida, la silueta oscura de una esbelta figura femenina.

En aquel instante se dio la vuelta y se fue, sin·mirar atrás. El objetivo de su viaje se había cumplido. Conocía sus cartas. El desenlace había llegado por sí solo.

III

NOCTURNO

Véra

Nueva York – Boston, 1964

I

Al llegar a la Ópera Metropolitana, Véra se quitó el abrigo de visón con cuello ancho a modo de bufanda; Filippa la ayudó y después se quitó ella su gabardina blanca de primavera. Ambas mujeres se sumaron a la cola de gente que sostenía sus abrigos finos de colores para dejarlos en el guardarropa. El murmullo alegre del gentío indicaba que, con el cambio de tiempo, había llegado también un humor despreocupado lleno de expectativas. Durante el trayecto de Boston a Nueva York, Véra había comentado que por fin parecía que el tiempo entraba en razón. Véra y Filippa se alejaron del guardarropa con sus fichas metálicas numeradas; faltaban veinticinco minutos para que empezara la ópera.

–¿Tomamos algo para reponer fuerzas después del viaje, miss Rolf?

Filippa se rio divertida por el trato formal que le dispensaba Véra. Parecía que tuviera la necesidad de mostrar, con cada palabra y gesto, que tras el éxito literario de su marido y tras pasar un año en Europa, era otra y estaba por encima de los demás.

–Con mucho gusto, Véra –dijo Filippa que, a pesar de dirigirse a una mujer de una generación mayor, lo hacía por el nombre de pila, a la manera americana–. Tras conducir de Boston a Nueva York nos merecemos una buena copa.

Mientras se abrían paso entre una multitud vestida de gala con tacones altos, zapatos de charol lustrados y trajes de noche negros, Filippa volvió a sorprenderse de que Véra hubiera llegado a Estados Unidos en primavera envuelta en un abrigo de piel. Había advertido la reacción que suscitó en la Universidad de Harvard: tras aquel año en Suiza, los amigos estadounidenses casi no la reconocían. Les chocaba que Véra, que durante los años que había vivido en América había llevado siempre, incluso cuando helaba, abrigos negros de tela, hubiera venido entonces para una corta gira literaria de su marido como una dama rica, con perlas y un abrigo de visón que relucía bajo el calor del sol de primavera como el pelaje de un caballo de carreras. La sueca Filippa sabía bien que los abrigos de piel como aquel llamaban la atención y que, a los intelectuales estadounidenses, que solo se ponían abrigo de piel durante las grandes heladas y vigilando que fuera discreto, ese tipo de lujos ostentosos los echaba para atrás como productos para nuevos ricos. Tan llamativa soberbia no entraba en su escala de valores.

2

–La condesa de Almaviva, esa es usted, Véra –susurró Filippa en la penumbra de la ópera.

La condesa de Almaviva aparecía en el escenario erguida, imponente con su peluca blanca y esa media sonrisa vaga de la mujer que sufre aunque su orgullo no le permita mostrarlo y trate de esconderlo con su majestuosidad. La soprano Lisa Della Casa era una de las estrellas de la representación de *Las bodas de Fígaro* de Mozart de aquella noche; Almaviva, el marido de la condesa, lo interpretaba Dietrich Fischer-Dieskau.

Véra y Filippa, una estudiante de doctorado en Harvard, habían ido a Nueva York para el estreno. Véra condujo las cinco horas de camino que había desde Boston porque aquel día, de manera excepcional, Dmitri cantaba en la ópera de Mozart: suplía a Peter Lagger, que estaba enfermo. Tenía intención de volver al día siguiente a Harvard, donde a Vladimir lo esperaba una presentación. Filippa se quedaría en Nueva York para terminar una investigación en la biblioteca municipal; Véra no recordaba sobre qué –tal vez algo relacionado con las poetas suecas–, porque le parecía un tema carente de importancia.

Filippa volvió de nuevo la cabeza hacia Véra, la observó y susurró algo en su oído. Véra negó con la cabeza con visible dignidad y en sus labios apareció la fría media sonrisa de la Gioconda.

–¿De verdad nunca se le había ocurrido, Véra? ¡No me lo puedo creer! –insistió con el encantador atrevimiento de los jóvenes, que sin embargo, en aquel momento, a Véra la molestó.

La respiración de Filippa se había acelerado; el tema le interesaba. Se había puesto un vestido granate de terciopelo. Véra llevaba uno de seda que se ponía siempre para las ocasiones solemnes. El pelo blanco y denso, la piel lechosa y un largo collar de perlas envuelto dos veces alrededor del cuello contrastaban con el vestido negro. Al vestirse, a Véra le había venido a la mente la fría luna llena en el cielo nocturno.

La graciosa Lisa Della Casa cantaba la célebre aria de la condesa, *Porgi, amor*. Filippa no la había querido ofender, la condesa era una mujer magnífica y viva. Pero no se había dado cuenta de que Mozart no era el compositor predilecto de Véra, todo lo contrario, le parecía demasiado etéreo e intangible y ella prefería las cosas claras. Para su gusto, la trama relativizaba demasiado los valores morales, lo cual contrariaba sus principios.

El auditorio estalló en aplausos. Véra tuvo la sensación de que la aplaudían a ella.

Durante el recitativo, Filippa murmuró:

—A primera vista parece... un ángel. Como Lisa Della Casa, que es un ángel.

A Véra aquello la sorprendió, pues no opinaba lo mismo. Esbozó una media sonrisa. Se dijo: «No, no soy la condesa de Almaviva, la mujer de un notorio seductor. Soy una mujer de éxito que ha hecho célebre a su marido». Filippa continuó:

—Pero es el ángel destructor. —Véra se disponía a ofenderse pero Filippa no permitió que la interrumpiera—: O un lobo. Tiene perfil de lobo y unos ojos claros, grisáceos, de lobo.

A Véra la asaltó la sospecha de que ella, Véra, era transparente y que Filippa veía a través suyo. Los sonámbulos tienen tendencia a ello. Se irguió. No se había dado cuenta de que el recitativo había terminado y de que Cherubino, la *mezzosoprano* Tatiana Troianos, cantaba la famosa aria *Voi che sapete che cosa è amor*. Sí, la máscara de lobo en el baile de Berlín...

3

... tenía poco más de veinte años y había releído con admiración una y otra vez los versos de Vladimir hasta aprendérselos de memoria. Como todas las mujeres, deseaba conocer a su autor. El padre de Véra lo invitó varias veces a la redacción de su editorial berlinesa, en la que trabajaba Véra, pero como hecho a propósito, en cada ocasión ella no estaba. Esperaba verlo en el baile de los emigrantes rusos y tal vez sabría arreglárselas para conocerlo. Pensó que, a un hombre selecto como él, solo se lo podía atraer con algo original. Por eso, en lugar de un delicado antifaz femenino, optó por una máscara de lobo.

En el baile vio que Vladimir buscaba a alguien. Véra fue tras de él como una sombra esperando a que se presentara la ocasión. La noche se la ofrecía y ella no pensaba desaprovecharla. Nunca hacía nada en vano, siempre apuntaba con precisión. Jamás había desdeñado una ocasión propicia. A pesar de su juventud, tenía muy claro que la vida no ofrece dos veces la misma oportunidad. Véra sabía que Vladimir buscaba a Svetlana, la chica que lo había dejado hacía poco. El gueto de los rusos berlineses era transparente. Al ver que no la encontraba y que bailaba contrariado con otras chicas, se paseó con su máscara de lobo lo suficientemente lejos de él como para que pudiera admirar su figura esbelta.

Cuando Vladimir la invitó a bailar, ella fingió no saber quién era y no se quitó la máscara ni siquiera cuando él se lo pidió explícitamente. Sabía que su antifaz era provocativo pero temía que él, acostumbrado a la carita de Svetlana, célebre por su belleza, desdeñara su huesudo rostro con perfil de lobo. Filippa lo había dicho bien. Vio que Vladimir imaginaba, debajo de la máscara, a una mujer preciosa, y con el rostro cubierto ella se sentía divina. Pero solo con el rostro cubierto. Se fueron del baile para pasear por la noche berlinesa. Fue el 8 de mayo, aseguraba Vladimir, si bien según ella fue el 9. Algunos árboles florecían, pero ya no recordaba su olor. La penumbra de la ciudad dormida jugó a su favor. Véra deseaba que la máscara quedase firmemente adherida a su rostro para no tener que mostrar su nariz nunca más. Conocía la vanidad masculina y por eso le recitó sus propios versos; primero escogió un poema de amor, pero vio enseguida que había sido un error: el autor se acordó a ojos vistas de la chica que lo había inspirado. Después recitó «Espejo» y «En el tren». De inmediato percibió en él que, en eso, había superado a Svetlana, y añadió otros dos poemas largos; los recitó lentamente y con sentimiento. Él le reprochó entre risas que recitaba como una profesora de interpretación y, al ver que su sarcasmo le había sentado mal, alabó a toda prisa su pronunciación de las vocales. A ella el elogio le cayó peor aún que el reproche, pero encubrió el disgusto bajo su media sonrisa. Él la acompañó hasta delante de su casa y una vez allí le retiró con delicadeza la máscara del rostro. Ella se sintió expuesta al imaginar qué impresión causaría su cara, sinuosa como una pintura cubista, a aquel experto en la belleza de las mujeres.

Sabía bien que, cuando poco después Vladimir se fue a Francia a ayudar en una granja en la Provenza, solo pensaba en la chica que lo había dejado. A ella dirigió las primeras cartas que escribió desde allí: el recuerdo de Svetlana mantenía a Vladimir sin reaccionar a otros estímulos. A las cartas de Véra, en cambio, no respondía. Tuvo que escribirle tres veces, no, cuatro, para recibir de él una única respuesta. Pero ella lo tenía todo planeado y estaba decidida a conquistarlo. Claro que la tarea se presentaba ardua, porque él había levantado una muralla de indiferencia. Sin embargo, cuanto más templado e impasible se mostraba él, con tanta más fuerza crecía la obstinación de ella. En público Véra se hacía la inconsciente; para darse coraje, canturreaba para sí el aria de Carmen, *et si je t'aime prends garde à toi*, aun sabiendo que ella era justamente el polo contrario de la grácil hechicera Carmen.

En ese momento, el jardinero, alto y esbelto como un acróbata, irrumpió en escena. ¡Pero si era Dmitri! Sí, era Mitia, que cantaba encendido su aria al conde de Almaviva. Vestido de aquel modo, casi no lo había reconocido, pues además era muy extraño oírlo cantar Mozart. Escuchó su canto y le pareció que no era él. Wagner, Chaikovski: estos sí eran autores para su hijo pero esas arias ligeras como telarañas...

Véra había sido ambiciosa desde muy jovencita; deseaba hacer algo grande en la vida. Aunque no sabía qué, era muy consciente de que no tenía talento artístico y carecía de genio creativo. Intentó la traducción literaria; se esforzó, sus traducciones resultaban precisas... pero nada más. Objetivamente, no había nada en ellas susceptible de crítica, pero les faltaba viveza y ese duende que los creadores suelen tener en abundancia. Así que se propuso realizar la obra de su vida a través de la creación de alguien al que ayudaría hasta fundirse con él y convertirse en parte de su creación. Sin embargo, aún no había encontrado a nadie con tan notable y deslumbrante talento. Ningún científico, ningún pintor, mucho menos un músico o escritor. Hasta que un día leyó los poemas que en aquel entonces Vladimir firmaba bajo el seudónimo de Sirin y constató que él era lo que estaba buscando. Asistió en una librería a una presentación de ese poeta y brillante joven, que encarnaba todo lo contrario de su torpeza: alegre como un niño durante las vacaciones estivales, ligero como una pelota de tenis, inquieto como las mariposas que salían volando de sus versos. Y gracias a la legendaria obstinación de Véra, llevaban ya más de cuarenta años juntos. Recordó lo complicados que habían sido todos esos años con aquel creador juguetón y suspiró de tal manera que el hombre de la fila de delante se pasó la mano por la nuca.

Sí, Vladimir era retozón y risueño como un gatito, cosa que la irritaba, la distraía de las cuestiones importantes de la vida. Una vez, en un hotel parisino, encontró en un cajón un pequeño diccionario francés-finés olvidado allí por el huésped anterior. Vladimir se sentó cómodamente en el sillón con el diccionario y empezó a leerlo entre risas:

–En finés, «teléfono» se dice *puhelin*, ¿te imaginas? «Aeropuerto» es *lentoasema*… ¡a ver si así los extranjeros no lo encuentran! «Sierra» se dice *tunturi*, «montaña», *vära*, «lago», *järvi*, «laguna», *lampi* y «sagrado»… cuidado que se dice *pyhä*.

Véra le recordó que en breve tenía cita con un periodista y que se fuera preparando mentalmente, pero él siguió riéndose de la palabra *retkeilymaya*, que al parecer significaba «mesón». Véra no aguantó más y le arrebató con violencia el diccionario de las manos.

Ay, ¡esas ganas suyas de jugar, lo que le habían costado! Recordó que al principio de su relación, un día de viento y lluvia que les batía la cara, aunque parecía que él no lo sentía sino que más bien le divertía como casi todo, pasearon alrededor de un lago desangelado y gris de Berlín. Vladimir le contó la anécdota de un hombre que perdió su catalejo en el mar; veintidós años después, justo el mismo día, se comió un pescado grande... y no encontró el catalejo. «¡Esto es lo que me gusta de las casualidades!», dijo Volodia estallando en carcajadas. A ella no le pareció ni divertido ni digno de atención, y mucho menos cómico. Pero sabía que si lo mostraba, decepcionaría a su amigo; esbozó pues en su rostro la media sonrisa que todos decían que era indescifrable. Véra, sin embargo, sabía que era una mueca que expresaba indulgencia.

A continuación Volodia le contó que se había mudado a la pensión de una chilena o española que acogía sus retrasos a la hora del desayuno con una sonrisa y que, de hecho, se comportaba en todo como una cómplice. Véra trató también de parecer una aliada, aunque por dentro se preguntara con quién salía de parranda Volodia y se propusiera agarrar con mano férrea al novio trasnochador. Vladimir se detuvo junto al lago –tal vez fuera el Wannsee–, donde el irritante viento les daba de pleno, y se sacó un papel del bolsillo. A pesar de que el viento se lo intentó arrancar de las manos, lo desdobló lenta, muy lentamente, como si fuera una agradable sorpresa en una ocasión solemne. En la hoja de papel había una larga lista de nombres de mujer. Ella lo miró interrogativa e impaciente. «Como Oneguin», dijo Vladimir y ella comprendió que, según la costumbre rusa inspirada por el héroe de Pushkin, le mostraba los nombres de las mujeres con las que había tenido relaciones. Habría querido arrebatarle el papel de las manos y tirarlo al agua, pero se dominó y lo besó con pasión para no delatarse. Tomó la hoja de papel y se la guardó con cuidado para en adelante tener en cuenta a cada mujer de esa lista.

Intentando no hacer ruido con el envoltorio, aceptó un bombón que le ofrecía Filippa. En el escenario, Susanna y la condesa de Almaviva cantaban un dúo ligero.

Hacía tiempo que había descubierto la debilidad de Vladimir por las mujeres, tanto por las jovencitas como por las maduras y refinadas. Era algo difícil de combatir. Como la condesa, ella también había tenido que ingeniar más de una ratonera con la que atraparlo. Sabía que en los círculos rusos se decía que Véra había impelido a Vladimir al matrimonio. Quizá tenían razón, pero ¿y qué? Todos somos artífices de nuestras vidas y si no fuera por ella, nunca se habrían casado, y con otra esposa Vladimir nunca habría llegado a ser un escritor famoso. Desde el inicio de su relación ella insistió en la total transparencia entre ambos como un valor supremo y lo obligó a escribir un diario en el mismo cuaderno en el que también ella anotaba sus pensamientos. De ese modo controlaba cada movimiento de su mente; aprendió a descifrar las notas escritas adrede de modo ilegible, como cifras no indicadas para sus ojos. Sabía que escribía los recuerdos que guardaba de Liusia y de Svetlana, después los de Irina y por último de Katherine, y los sueños sobre las cuatro. Aunque él hiciera ver que no sabía nada de ellas, todavía no las había olvidado. Desde el episodio con la malvada ninfa Irina, Véra tenía claro que no podía volver a arriesgarse. Por eso en las universidades americanas lo acompañaba a las clases como asistente y otras veces lo esperaba delante de la cafetería estudiantil al terminar la clase para llevárselo en el coche lejos de la tentación de las chicas que en el campus universitario acechaban por todas partes.

La condesa cantaba en ese momento el aria *Dove sono i belli momenti*. Adónde habían ido a parar los bellos momentos con su marido, quien tenía ojos solo para las demás mujeres y humillaba de ese modo a la condesa, que quería al marido para sí. Véra sabía lo que era eso, Filippa tenía razón. Se identificaba tanto con el aria que se le puso la piel de gallina. Y tomó una decisión: no esperaría hasta el día de mañana, regresaría sola a Boston esa misma noche.

4

Desde el coche vio que tenía delante un puente largo que cruzaba un río; brillaba en la oscuridad de la noche. No entendía dónde había podido equivocarse y cómo era posible que hubiera llegado hasta ese enorme puente. Entre Manhattan y Boston no tenía que cruzar ningún río ancho, y menos habiendo dejado ya atrás el Saw Mill. «Puente Tappan Zee», anunciaba una señal; Véra se dio cuenta de que aquel puente solo podía cruzar el río Hudson. Entre indicaciones a varios sitios se decidió finalmente por Sleepy Hollow porque le sonaba familiar. Una vez allí, aparcó en una plaza y se dijo que solo había avanzado unos pocos kilómetros. A este ritmo llegaría al hotel en el que se alojaban en Boston ya de día. Salió del coche para estirar las piernas e inspiró el aire de la noche primaveral. Tenía delante un hotel con un cartel luminoso verde en el que se leía: «The Headless Horseman» y, a la derecha, un bar que anunciaba con letras rojas: «Washington Irving». Se dirigió hacia el bar y desde la oscuridad observó en el interior a unas cuantas aves nocturnas que, soñolientas, tomaban la última copa de la noche. De repente cayó en la cuenta de que se hallaba en Sleepy Hollow, donde Washington Irving situó *La leyenda del jinete sin cabeza*, un lugar en el que ocurren cosas sobrenaturales. A pesar de desdeñar a Irving y su mundo fantástico, sintió un escalofrío: ¿y si se había perdido porque el lugar ejercía atracción sobre ella?... «¡Qué tontería! –se reprendió–. ¡Piensa un poco!» ¿No haría bien en tomarse la pastilla que Filippa le había dado por si acaso? Entró en el bar y le pidió al camarero un vaso de agua.

–¿No quiere que le prepare un daiquiri, *ma'am*? ¿O un black russian? ¿Un margarita? Deje el agua para las bestias.

La copa martinera que contenía el daiquiri olía a ron con limón y Véra lo probó gustosamente. Resultaba refrescante; la ayudaría a recobrarse. Se tomó la pastilla con agua y después se bebió el sabroso cóctel. Le dejó una considerable propina al camarero y le agradeció que la hubiera aconsejado tan bien.

Después encontró sin problemas la autopista que llevaba a Hartford a través de Danbury y abandonó el estado de Nueva York para entrar en Connecticut.

5

Desde que había abandonado Sleepy Hollow, el viaje en coche pasaba rápido hasta que, por error, salió de la autopista y se encontró en una carretera accidentada sepultada bajo una tormenta de nieve primaveral, probablemente la última de la temporada, pues ya era abril. No había dónde poder girar con el enorme Chevrolet. En la casa de alquiler de coches solo tenían modelos grandes; Véra hubiera preferido uno más pequeño, un deportivo. Pensó en Volodia: tenía que recordarle que en la lectura del día siguiente en el Sanders Theatre de Harvard no olvidara leer el final de *Lolita*, las páginas en las que aparecen el marido de Lolita y su amigo como americanos lisiados en la Segunda Guerra Mundial mientras que el seductor de Lolita, un europeo, ha sobrevivido en Estados Unidos a la guerra que fue provocada por los europeos y no solo eso sino que, entre tanto, se ha dedicado a seducir a chiquillas. En suelo universitario ese pasaje causaría impresión; siempre buscaban temas más bien sociales y principalmente de orientación izquierdista. Véra hizo una mueca: esas eran cuestiones que, por suerte, Volodia no trataba a menudo. «¡No te olvides!», se dijo mientras avanzaba por un paisaje nevado que hacía la noche menos oscura. Sabía que no se olvidaría.

La pastilla de Filippa funcionó de maravilla. Véra estaba fresca y conducía concentrada, si bien ignoraba por dónde. De pronto vio una señal: «Wolcott, Connecticut». Seguiría adelante. Filippa, siempre observándolo todo, siempre juzgándolo todo. En el café donde habían tomado champán y canapés con Dmitri después de la ópera, Filippa no dejó de clavar los ojos en el pequeño bolso de terciopelo negro cubierto de lentejuelas del mismo color de Véra. Y siempre con su obsesión por las máscaras.

¿Cómo fue que se conocieron?, se preguntó Véra al tiempo que leía en la carretera el nombre de la siguiente población: «Bristol, Connecticut». ¿Dónde podía informarse sobre cómo continuar? Vio un granero y al lado una casa, pero las luces estaban apagadas. Se respondió: ella misma tenía toda la culpa. Cuando en 1960 una poeta sueca desconocida les escribió preguntando si sería posible encontrarse alguna vez con ellos, Véra pensó que tal vez podría traducir la obra de Vladimir al sueco. Y no solo eso, podría ayudarlos a escapar de las garras de los editores con los que constantemente había complicaciones y recomendarles otro. A Volodia, en Cannes, lo informó de que una joven y brillante poeta quería reunirse con ellos.

–¿Qué debemos hacer? –preguntó Vladimir con cuidado, para que no se notara que se moría de ganas de conocer a la joven.

–Pues verla. Al menos nos distraeremos un poco; ¿por qué no? –contestó ella tan indiferente como pudo para disimular su cálculo.

Filippa fue a Niza. Vladimir la puso a prueba con una selección de preguntas; Filippa salió airosa y la invitaron a cenar en el conocido hotel de lujo Negresco.

Una vez escogidos los entrantes y el vino, Vladimir dijo como en sueños y despertando en Véra la sensación de que quería hacer broma:

–Aquí solía cenar de niño con mis padres durante las vacaciones.

–Difícilmente –lo corrigió Filippa–, en aquella época el hotel ni siquiera existía.

«Le ha pagado con su misma moneda», pensó Véra molesta con Filippa; no soportaba que nadie contradijera a su marido.

Vladimir se sonrojó porque había quedado como un mentiroso: sin embargo, él no mentía, solo *se había imaginado* su estancia en aquel lugar; recordaba perfectamente que las vacaciones de verano con sus padres las pasaba en Biarritz, en la costa vasca francesa.

Había otra señal; la luz del coche la iluminó: «Burlington». A Véra no le decía nada y no tenía mapa. Empezaba a nevar. Siguió adelante.

Filippa pasó quince días con ellos en Niza; cuando se fue, los dos estaban agotados, recordó Véra. Los ayudó con los editores suecos y además se puso a traducir *Pálido fuego* al sueco. Pero les escribía demasiado a menudo, como si su amistad le diera derecho a constantes efusiones sentimentales: «Los tengo solo a ustedes y los aprecio mucho», les escribió. En su respuesta, Véra le recomendó más racionalidad. Vladimir y Véra le ofrecieron la posibilidad de estudiar los cursos del doctorado en Harvard.

Véra sabía que tras el éxito de *Lolita* había cambiado: no perdía el tiempo con la gente, ni siquiera cuando le podía ser de utilidad. Vladimir era distinto, la situación lo divertía. No hacía mucho había dicho que la vida era como un carnaval y un baile de disfraces, si uno sabía tomársela de ese modo. ¿Por qué Filippa mencionaba una y otra vez lo de la máscara? «Véra, ¿cuándo se va quitar la máscara?» Volodia también le había recordado últimamente que, desde que se conocieron en el baile de disfraces, no se había quitado la máscara de lobo.

Conducía en medio del temporal de nieve pensando que, en el café, Filippa había observado detenidamente su bolso, hasta el punto de que Véra sospechó que la chica había adivinado su contenido y por ello escondió el bolso en el regazo, bajo la mesa.

Había parado de nevar y la nieve en la carretera se derretía rápidamente. En la oscuridad vio una luz mate y se dirigió hacia ella. Era una gasolinera. Tenía delante a un hombre con chaqueta naranja y capucha, como si hubiera estado esperando a Véra cantando *Orange Color Sky*. Le pareció que era el propio Nat King Cole y casi le dio vergüenza pedirle que la ayudara. Pero se sobrepuso y le indicó que le llenara el depósito y le limpiara los cristales. El hombre le recomendó:

–No vaya por Hartford, *ma'am*. Yo iría por Springfield, le queda más cerca y la carretera es mejor. Dentro de poco amanecerá, llegará a Boston en unas tres horitas.

Véra pagó y le dio las gracias, él contestó con un «Ajá» y se puso a cantar: «Quizás, quizás, quizás». Canturreaba con un fuerte acento americano al viento que traía consigo el perfume de la primavera.

6

En aquel mismo momento, Dmitri se acercaba al St. Regis, el hotel en el que se alojaba y donde había invitado a Filippa a tomar una copa en el magnífico King Cole Bar. Pensó en que después de la ópera habían brindado los tres pero sin hablar de su actuación ni de la ópera. Había sido un poco raro. Luego le había preguntado a su madre dónde pasaría la noche:

–No me quedaré. He decidido volver enseguida a Boston.

–¿Ahora?, ¿de noche? Es una locura. Te dormirás por el camino.

–Para, Mitia. Ya sabes que no voy a cambiar de idea. Mañana tu padre tiene una velada importante en Harvard.

–Pues nos vamos juntas de madrugada –intervino Filippa–. A las seis, por ejemplo. A las once como máximo
ya habremos llegado.

–Es tarde. Volodia me necesitará nada más levantarse.

Filippa sacó un frasquito de cristal del bolso y vertió en
la mesa dos pastillas amarillentas.

–Véra, llévese esto consigo. La ayudará a llegar a buen
puerto. No se dormirá y estará tranquila. Yo me las tomo
a diario.

–Gracias, Filippa. –Véra reflexionó un momento y después dijo–: ¿Para qué las toma?

–Sufro episodios de ansiedad que se alternan con una
euforia tan intensa que no lo puedo soportar. Este medicamento es... una pastilla milagrosa.

–Iría contigo, mamá, pero mañana por la mañana tenemos ensayo –dijo Dmitri–. Reserva una habitación en
mi hotel. O les pediré que pongan otra cama en mi habitación. Durante muchos años dormimos juntos, ¿recuerdas?

–Sí, y tu padre trabajaba en la habitación de al lado
hasta bien entrada la noche. Pero no, Mitia. Llegaré en
cuatro horas a Boston y a Harvard. Por la noche no habrá
tráfico y en la carretera soy una fiera.

–No olvide tomarse la pastilla –insistió Filippa–. Aquí
tiene un vaso de agua. Y la otra llévesela consigo por si
acaso.

Cuando Véra abrió su bolso negro para guardar la
pastilla, Filippa volvió a examinarlo. Le parecía que para
ser un bolso de fiesta pesaba mucho.

7

De camino al hotel St. Regis, Dmitri se imaginó a su madre conduciendo de noche por varios estados y las ciudades de Middletown, Hartford y Worcester hasta llegar a Boston, la espalda más derecha que una vela, los ojos bien abiertos fijos en la autopista. La admiraba, aunque después le vino a la cabeza lo ocurrido cuando la acompañaba al aparcamiento. Como ella llevaba tacón alto, avanzaban por la Quinta Avenida como si pasearan. Una mujer de unos cincuenta años se la quedó mirando fijamente y Dmitri pensó que debía de examinar el abrigo de visón de su madre y tal vez incluso estimar su precio. Cuando ya casi la habían dejado atrás, la señora, que llevaba un abrigo fino de color rojo, exclamó:

–¡Pero si es usted, Véra! No estaba segura. ¿Qué tal está?

Era Jenni Moulton, una alemana casada con un profesor estadounidense. Contó enseguida que ella tampoco vivía ya en la Cornell University: su marido había aceptado una plaza de profesor en Princeton. Véra le contó que Dmitri había interpretado a Mozart en la Ópera Metropolitana. Jenni recordaba que había estudiado canto y lo felicitó. Dmitri tampoco la había olvidado, al fin y al cabo no había cambiado desde la época en la que los veía, a ella y a su marido, en las cenas con amigos en su casa de Cornell. Recordó que a veces la mujer había jugado con él a ajedrez en su habitación; una vez acudió a jugar a medio discurso de Véra sobre Proust; a Jenni debió de parecerle, como a él, que su madre no solo quería compartir sus impresiones sobre la lectura sino que además deseaba brillar delante de sus invitados y de su marido. A Dmitri, Jenni le gustaba, en parte, por la complicidad que aquella noche se creó entre ellos.

—En California pensé en usted a diario, señora Moulton —le dijo Véra a su conocida.

Jenni, que se alegraba de haberlos encontrado, respondió sorprendida:

—Qué feliz me hace, aunque no se me ocurre motivo alguno por el que tuviera que pensar en mí a diario, señora Nabokov.

—Ay, querida, es que en Hollywood tuvimos una sirvienta alemana —fue la glacial respuesta de Véra.

8

La reina del hielo, pensó Dmitri, con esos ojos pálidos que revivían con un brillo casi fanático cuando se posaban en su padre. La diosa del invierno con el pelo escarchado y la piel blanca como la nieve, en la que el tiempo había grabado sus delicadas figuras como el hielo en los cristales de las ventanas.

Volvió a pensar en su padre y ella cuando tenían invitados a cenar. Había visto desde pequeño el apego que su madre sentía por su padre, como si viviera la vida de él y no la propia. Defendía sus opiniones con vehemencia y si Vladimir se ponía alguna vez a discutir, aunque fuera con alguien tan cercano como Edmund Wilson, ella enseguida se le lanzaba encima. Dmitri sabía que, para el gusto de Wilson, Véra era demasiado afectada y cuadriculada, y que la mayoría de la gente no aguantaba ni su sarcasmo ni su megalomanía ni su altivez crítica. No le gustaba prácticamente ningún autor actual y eso porque solo reconocía la exclusiva genialidad de su esposo. Así estaba aceptado en su familia: el genio era el padre y nadie podía competir con él. Por eso Dmitri había escogido otro campo: en el canto no podrían compararlo con su padre.

Su madre había cambiado en los últimos años. Desde el éxito de *Lolita* le había dado por el lujo, cosa insólita en ella. Nunca habría dicho que llevaba dentro tal predilección. Su padre no daba importancia al asunto, solo anhelaba tranquilidad para escribir. Sonrió incluso cuando en su primera gira europea –entonces todavía viajaban desde Estados Unidos, su hogar, a Europa, y no al revés– se llevaron diez baúles. Se preocupaba solo de su trabajo y no se metía en las cosas de su esposa. Cuando durante el viaje por Europa estuvieron en Niza, Dmitri fue a pasar con ellos una semana. Se alojaban en un piso de ocho habitaciones amplias en la mismísima Promenade des Anglais, con unas vistas magníficas. Dmitri recordó la primera impresión: detrás de las ventanas se extendía el mar turquesa y, encima, el cielo por el que flotaban desparramados mantos de nubes y neblinas. El piso estaba amueblado al estilo Luis XV y en las paredes había cuadros, aunque no restaurados, sí al menos originales de la época.

–¡Cuánto lujo y suntuosidad! –exclamó.

–Pero, Mitia, ¡no lo dirás en serio! ¡Por un par de trastos viejos! –dijo ella abriendo los brazos–. El lujo es otra cosa por completo, pero como eres un bohemio, ¡qué sabrás tú! –lo reprendió antes de añadir en inglés–: *Sumptuous, my foot!*

¿Dónde estaba la madre solícita que lo había criado en habitaciones o pisos pequeños de alquiler con muebles baratos y a veces incluso sin muebles en Berlín, en París y después en Nueva York y en las universidades americanas? Nunca le había visto abrigos de piel caros, ni collares de perlas auténticas envueltos varias veces en el cuello ni oro ni peinados con florituras de peluquero caro. Claro que antes no tenían dinero para ello, de modo que Dmitri no podía sospechar los anhelos secretos de su madre. Es verdad que a menudo había refunfuñado por la falta de dinero y en ocasiones le había reprochado a su padre que no ganara más. Vladimir le pedía entonces que lo recibiera con una sonrisa y no con aquella cara gruñona. En el café de la ópera, Filippa, simpática en su franqueza, le había dicho:

–Es usted como un bello adorno para el sillón, Véra.

El matiz estaba en el «como». Sin esta palabrita, con cierta dosis de imaginación la frase se hubiera podido interpretar como un halago. Pero aquel «como» llevaba en sí una sombra de crítica. Filippa tenía razón. Por suerte, Véra no reparó en ello; el inglés no era su lengua materna así que se lo tomó como un elogio y reaccionó con la sonrisa liviana que lucen las mujeres cortejadas de las novelas de Maupassant.

Su padre siempre había puesto cara de filósofo. Dmitri lo recordaba de mal humor solo en la época en que empezaba a escribir en inglés. Redactaba entonces un libro misterioso, del que en casa solo se susurraba y que resultó ser *Lolita*. Cada día compraba los periódicos que seguían el caso de una jovencita que había sido secuestrada por un hombre mucho mayor que ella que la llevó en coche por medio Estados Unidos. Su padre arrojaba cosas al suelo y fumaba junto a la ventana como un carretero a pesar de que el médico se lo había prohibido; también bebía a hurtadillas vino a morro y a veces incluso vaciaba compulsivamente la nevera. Andaba por el piso como un león enjaulado y mascullaba que sus metáforas sonaban demasiado enrevesadas y rígidas en inglés, cualquier cosa menos simples y naturales. Y repetía sin parar que, si no podía escribir en ruso, lo mandaría todo a paseo y quemaría el manuscrito.

No lo quemó aunque lo intentó: Véra se lo impidió. El vecino le contó después que había visto a su padre calar fuego en un cubo metálico y tirar a continuación el montón de hojas del manuscrito que tanto esfuerzo le había costado escribir. Por lo visto luego llegó ella, abrió los ojos como platos, sacó la novela de las llamas y pisó las hojas ardientes para apagar el fuego. Al parecer, su padre contempló la escena ceñudo. Su madre cogió las hojas en brazos como si se llevara un pastel recién sacado del horno –aunque ella nunca preparaba pasteles; Dmitri los había visto solo en las fiestas de cumpleaños de sus amigos–, las cerró con llave en el último cajón de la cómoda y se guardó la llave en el bolso.

Después vino la fase en la que su madre se volvió más intransigente y gruñona, pues pronto tendrían que pagarle a él, Dmitri, la universidad y no estaba nada claro si podrían con todo. Él, con quince años, le aseguró a su madre que al terminar la secundaria se haría alpinista y que quizá ni siquiera hacía falta terminar la secundaria: empezaría a dedicarse al alpinismo desde entonces mismo y mantendría a la familia.

El padre llegaba de las clases en la universidad y le decía a la madre que la quería incluso siendo desagradable con él, pero que cuando le sonreía la quería todavía más. Sin embargo, la madre no sonreía y el padre se quejaba de la profusión de su llanto por su situación económica. ¿Por qué no se buscaba un trabajo? Dmitri conocía la respuesta: porque no trabajar era una de las reglas de la aristocracia, especialmente entre las mujeres, y ella, hija de padres burgueses, deseaba parecerse a la aristocracia a pesar de que, tanto a su marido como al entorno americano en el que vivía, esas tonterías les traían sin cuidado.

A él, Dmitri, los estallidos de su madre por suerte no lo salpicaban. Recordaba un verano en que, todavía adolescente, estaba con sus padres en Vermont en casa de unos amigos. Escribió allí una especie de cuento sobre una madre que era tan buena con su hijo que cuando iba a regañarlo primero le hacía respirar un gas que provocaba la risa. Aunque por otro lado, alguna vez le prohibió dedicarse a las lecturas obligatorias de la escuela. Se acordaba de la novela *Tom Sawyer*, que según su madre no era una lectura adecuada para chicos. Su madre fue incluso a hablar con la maestra y le expuso sus motivos morales, pero no la comprendieron y, a causa de su rigidez, Dmitri sacó mala nota en Literatura. La palabra rusa *printsipialnost*, cuestión de principios, en su casa estaba a la orden del día.

Su madre debía de estar ya cerca de Stanford o New Haven, pero todavía le quedaba la mayor parte de camino. Él la habría podido llevar a Harvard al día siguiente inmediatamente después del ensayo y asistir también a la presentación de su padre, le habría gustado. Y en lugar de eso, su madre se había precipitado tercamente en la noche... Sin embargo, estaba orgulloso de ella por haber emprendido el camino sola, con el champán en la cabeza y una pastilla desconocida en las venas. A su vuelta a Milán se compraría un coche deportivo. Ya tenía pensado cual: un Triumph TR3. Sería un piloto agresivo como ella.

Deseaba parecerse a esa loca, sonámbula y maravillosa madre que tenía.

9

Filippa esperaba a Dmitri en el bar del hotel. Estaba sentada bajo el enorme mural modernista de Maxfield Parrish y los reflejos anaranjados de este se proyectaban en su cara. Tomaba *champagne rosé*; Dmitri pensó que le hacía juego con el color del vestido que llevaba y pidió lo mismo:

–*Pink champagne, please!*

Era pasada la medianoche y a esas horas la gente estaba acomodada en los oscuros rincones del bar tomándose sin prisas la última copa. Filippa le contó a Dmitri que a su madre no le había gustado enterarse de que la pareja sueca de Filippa había venido a Harvard para estar con ella y que las dos mujeres jóvenes vivirían juntas.

–Típico de mi madre –se rio Dmitri–. Y seguro que ha disculpado su enfado con el argumento de que su compañía te distraerá del estudio, ¿no?

–Exacto. Tu padre no se mete en nada. Es como una mariposa que se hubiera escapado de su colección, sobrevolara el mundo y recopilara, como néctar, historias sobre nosotros, insensatos humanos –comentó Filippa entre risas y brindando con Dmitri.

–Mi madre ha sido siempre meticulosa y esto vale también para las normas sociales: una mujer no puede hacer un comentario sobre la ropa de un hombre, aunque naturalmente lo opuesto es admisible. Un hombre puede besar la mano solo a las mujeres casadas; ¿a que a ti mi padre no te la ha besado nunca? De hacerlo, hubiera oído a mi madre. A veces todas estas normas sociales le suponen una traba, pero ¡ay del que le diga algo!

–Y no soporta a las mujeres profesionales ni a las escritoras. Las detesta.

–Excepto a ti.

–No creas. Pero no quería hablar de eso sino más bien de tus padres; de la vida práctica no les interesa nada, al contrario, la cotidianidad es para ellos un tabú, solo se puede hablar del arte con mayúsculas. Y de su gusto literario; hace tres años, durante mi larga visita de quince días en Niza (¡ah, has oído hablar de ella!) descubrí que no toleran a casi ningún escritor del siglo xx. De los muertos se pueden pronunciar solo los nombres de Flaubert, Pushkin y Gógol, Kafka, Proust y Joyce.

–Mi madre solo cree en el talento de mi padre. Mi tío paterno, Kiril, es un gran poeta; mi madre lo ofendió una vez al preguntarle si quería traducir las novelas de mi padre al ruso. Pero es verdad que si no creyera tan fanáticamente en mi padre, difícilmente él habría llegado tan lejos, y con más razón como extranjero. ¿Cómo aguantaste tanto tiempo con ellos en Niza?

–Acabé todos los días de los nervios. Estaban siempre en desacuerdo con algo y refutaban todas mis convicciones literarias y políticas, de manera que al final no sabía ni quién era ni adónde pertenecía.

–Te acogieron bajo sus alas, como si fueras una hija. Así que, ¡de hecho somos hermanos! –dijo Dmitri brindando con ella con el resto del champán, antes de pedir otras dos copas–. Ya ves, pues, por qué escapé a Milán, lejos de América. Pero mamá me sigue y persigue; obliga a mi padre a vivir en Montreux, en el ostentoso hotel

Palace, que un auténtico rico aborrecería hasta el punto de negarse a tomar en él ni que fuera una taza de café. Y a mi padre, que ama América y que solo aquí se siente en casa, en ese rincón de mundo lo tiene bajo control. Esta es la tierra conquistada de mi madre, su *vendetta*. Mamá es un capo de la mafia.

—Y un pequeño Napoleón.

—¡De Gaulle!

—¡Bismarck!

—¡Mussolini! ¿Sabes que siempre lleva encima una Browning?

Si Filippa se asustó, no dejó que se le notara.

—No, no lo sabía, pero entonces hoy también la llevaba. No dudo de que está cargada.

—Has acertado.

—Me ha parecido que su bolso de fiesta pesaba demasiado y me ha llamado la atención. Ahora lo entiendo. Esta noche me recordaba a la condesa de Almaviva.

—Algo habrá. Astucia. Elegancia. Pero también vulnerabilidad.

—¿Sabes, Dmitri? Tengo la sensación de que Véra se proyecta en mí. Seguro que en el pasado tuvo ambiciones literarias, me lo comentó una vez. Y me ha organizado la vida para que me convierta en una escritora famosa. Me ordenó: «Deje de escribir en sueco, para las lenguas pequeñas no hay tiempo. Desde ahora escribirá en inglés. Y nada de poesía. Trasládese de Estocolmo a América».

—Y te arregló una estancia en América, ¿verdad? Lo mismo hizo con mi padre: tuvo que dejar de escribir relatos y de poemas, ni hablar. Para ella cuentan solo las novelas porque se venden mejor. Mi madre intuía que con el tema escabroso de *Lolita* estallaría un escándalo moral y que, al final, llegaría no solo el prestigio sino también el éxito comercial que toda la vida había ansiado.

–¿Lo dices en serio, Dmitri?

–Fui testigo de todo. Pero la admiro. Yo no voy a alcanzar nada parecido. Quizá ni siquiera lo desee.

–Ni yo. Como no puedo escribir en sueco, he dejado por completo de escribir. Vivo en América, aunque no sé por qué, y de hecho no sé ni dónde quiero vivir ni adónde pertenezco.

–Yo tengo la misma sensación. Soy bajo en La Scala de Milán, pero mi madre querría que tradujera la obra de mi padre al italiano. Cree solo en él. –Sorbió un poco de champán y añadió para sí–: Quizá tenga razón. Los resultados, ahí están.

Filippa se inclinó hacia él, le cogió la mano y le dijo en voz baja:

–No digas eso, Dmitri, te lo ruego.

–En nuestra familia puede triunfar solo aquel al que mi madre apoye. Todas las familias tienen un pilar y ella es el nuestro.

Filippa volvió a pensar en el bolso de Véra y se estremeció.

10

Véra se apresuraba por la autopista. Había cruzado la frontera del estado de Massachusetts y por eso creía que llegaría a la universidad de Harvard en cualquier momento. Amanecía, aunque el sol todavía no había salido y el paisaje estaba envuelto en una niebla espesa como algodón rasgado que dejaba ver solo aquello que él quería.

La conductora seguía erguida en su asiento, no había ni rastro de cansancio en su rostro y el paisaje envuelto en la bruma la tranquilizaba. De todas formas, no reparaba mucho en él porque andaba entregada a sus pensamientos.

Lolita... En cinco años pasó cinco veces la novela a máquina. Le dedicó largas jornadas, a veces incluso de doce horas. Otra mujer no habría soportado semejante vida. Vladimir no podía vivir de otro modo que escribiendo; ella lo había conducido hasta allí. Véra sabía que su marido proyectaba en sus novelas cómo podría ser su vida si hubiera tomado otro camino; solía ser el camino que seguía a una mujer a la que había conocido antes que a ella, aunque también durante su matrimonio. Pero ella también tenía sus secretos: cuando transcribía los textos de Vladimir a máquina, buscaba los términos más apropiados y los adjetivos más acertados, y sustituía con sus hallazgos lingüísticos algunas insuficiencias léxicas; la llenaba de orgullo dejar su propia huella, aunque pequeña y anónima, en la literatura universal.

Salvó el manuscrito de Lolita cuando Vladimir, desesperado porque no conseguía escribir lo que se proponía, lo quiso destruir tirándolo en un cubo en el que había prendido fuego.

–Lo guardamos –fue lo único que dijo Véra.

Incluso cuando los dos habían sobrepasado los sesenta, controlaba todos los pasos de Vladimir y lo sabía todo de él, como una madre de un hijo que empieza a ir al colegio. Lo mantenía alejado de la tentación de las mujeres. Hacía unos años, en Hollywood, mientras Vladimir escribía el guion cinematográfico de Lolita con Stanley Kubrick, la deslumbrante Marilyn Monroe mostró interés por él y los invitó a los dos a cenar a su villa de Hollywood. Véra observó que delante de ella Volodia alardeaba y rebosaba perspicacia y sátira, lo que a la ingeniosa actriz le encantaba. Así que al final no acudieron a la cena a pesar de las fuertes protestas de Vladimir; Véra en persona llamó a Marilyn para excusarse. Toda la vida había deseado que a Vladimir lo aquejara la edad y, en consecuencia, dejara de ser atractivo. Ahora lo tenía donde quería: en un rincón apartado del mundo. Véra, al volante, se enderezó aún un poco más.

Hacía tiempo que se había vuelto imprescindible para él. Sin ella, Vladimir no podía existir. Solo ella era capaz de leer su estilo fragmentario; ninguna secretaria profesional sabría asesorarlo en la sintaxis de su obra. Véra rechazaba a los agentes literarios para preservar su privacidad y la de Vladimir, y para que nadie descubriera ciertos pasajes de su vida. Había varios. Vladimir había tenido más de un lío de faldas y ella había cerrado los ojos hasta que entró en escena Irina. La de Vladimir con aquella rusa parisina fue una pasión que la sacudió hasta despertarla de su sonambulismo; entonces abrió los ojos y se dijo que quien quería defender algo importante tenía que luchar por ello. De eso hacía treinta años.

Hacía treinta años, en la primavera del memorable año de 1937, Vladimir finalmente reconoció que se había enamorado de Irina. Véra hubiera preferido que continuara negándolo. Sí, había estado convencida de que su marido la abandonaría. Pero se propuso no ceder. No gritó, no cayó en esa vulgaridad. Las malas maneras, la histeria y la trivialidad eran algo que Vladimir no soportaba. Lo único que hizo fue recomendarle, con una media sonrisa en los labios, altiva y fría, que hiciera el favor de hacer las maletas y se largara. Ella se iría a América con Dmitri de modo que él, Vladimir, no volvería a ver al niño. Después se envolvió de silencio como si un tupido velo le cubriera el rostro. Vladimir veía solo su indiferencia, la indescifrable sonrisa que se había pegado a su cara y sobre todo su desinterés para con él. No se imaginaba lo que tenía lugar dentro de ella, no podía adivinar su propósito de salvar su matrimonio costara lo que costase. Para Véra esa relación significaba la vida y por eso fingía que le daba igual.

Se dio cuenta de que no estaba en juego solo el amor de un hombre, sino también todo lo que se había propuesto: crear su gran obra a través de ese escritor con enorme talento, no tener nunca la sensación de vivir sin meta ni rumbo.

Su amenaza de llevarse a Mitia a Estados Unidos proferida por lo bajo, como de pasada, surtió efecto: al final Vladimir se quedó con ellos. Se quedó a pesar de sufrir por Irina. Véra lo notaba y no le decía nada. Le comentaba solo, y con voz indiferente, los insulsos asuntos cotidianos. Sabía que su marido consideraba que muchas de las escenas de Dostoyevski eran exageradas y de mal gusto. Véra no se comportó como Grúshenka ni mucho menos como Nastasia Filípovna. Igual que una actriz sobre el escenario, desempeñó el papel de buena madre que se vuelca en el hijo y no percibe al marido. Como si para ella no existiera. En aquella época empezó a vestirse y a maquillarse con especial esmero; trató de comportarse como una fortaleza elegante e inexpugnable aun sabiendo que con Irina no podía competir, del mismo modo que la condesa de Almaviva no podía hacerlo con la fresca, caprichosa y apasionada Susanna.

En Cannes, en la playa, intuyó que la joven solitaria y cabizbaja que a ratos los miraba de reojo no podría ser otra que ella. Era flexible como una serpiente, sensual como una gata. Se fijó también en que Vladimir se volvía un momento hacia ella y le decía algo rápido; sin duda concertaba una cita. Véra se propuso impedirlo y custodió todo el día al marido como el dragón de los cuentos a la bella princesa. Vladimir se inventó mil y una excusas, pero ella no le dejó ir ni al estanco a comprar cigarrillos y tampoco fue ella misma; no le quitó el ojo de encima en todo el día. Mandó a comprarlos al pequeño Mitia y sufrió mientras estuvo fuera a pesar de que el estanco quedaba en la esquina. Vladimir se pasó la tarde temblando, la cara pálida; una vez lo pilló dirigiéndose disimuladamente a la puerta y a punto de salir de casa, pero no se lo permitió. Se repitió que cuando uno quiere algo, tiene que luchar por ello. Había creído en esa máxima toda la vida. Después Volodia se sentó a su escritorio, donde tenía la novela a medias, pero no escribió sino que lloró en silencio. Nunca lo había visto en un estado tan lamentable.

Al anochecer vio a la joven de la playa en la calle a oscuras, mirando hacia su ventana. La chica no pudo ver su mirada porque detrás de Véra la lámpara estaba encendida, solo pudo distinguir su silueta oscura. Se fue enseguida. Unos meses después, Véra obligó a Vladimir a reclamarle a su examante las cartas que le había mandado. Era indispensable: Véra tenía grandes planes con el talento de Vladimir y no podía permitir que en el futuro, como una bomba de relojería, aparecieran de no se sabía dónde unas cartas del famoso escritor dirigidas a otra mujer que no fuera ella. Vladimir se opuso, pero tras repetir ella la amenaza de llevarse a Mitia a paradero desconocido, al final accedió. Escribió una carta a Irina al dictado y Véra la envió. Con todo, Irina nunca devolvió las cartas.

Desde entonces, Véra compraba todos los meses un cuaderno en el que los dos juntos escribían diariamente sus impresiones; ya había instaurado antes este ritual entre ellos pero, desde el episodio con Irina, impelía a Volodia a hacer anotaciones de sus días con absoluta regularidad. Véra controlaba también lo que Vladimir bebía porque, en su alegría despreocupada, le gustaba beber. Siempre hubo en él algo juguetón e irresponsable.

En la primavera de aquel decisivo 1937, en Mariánské Lázně, Vladimir se encerraba todo el día con llave; escribía algo. El cuento se llamaría «Nube, castillo, lago». Tardó mucho en mostrárselo a Véra, pues al parecer no estaba terminado. En Estados Unidos, a principios de los cuarenta, le urgió acabarlo; era uno de los primeros cuentos que le publicaban. Antes de pasarlo a máquina, Véra leyó por primera vez aquella historia kafkiana. Trataba de Alemania y de los alemanes, que no cedían ninguna parcela de libertad al individuo, y menos aún al extranjero. Pero al transcribirla, dejó de deslizarse por la superficie del cuento y entró en su interior. Allí se hablaba de algo distinto: de un hombre que se llamaba Vasili. El nombre empezaba con, V como Vladimir; en ruso los dos nombres tienen el acento en la penúltima sílaba y contienen las mismas vocales, incluso riman entre sí. Vasili vivía entre dos realidades: una era ordinaria, llena de obligaciones, gris oscuro; la otra, que descubría durante una caminata, representaba el ideal: sobre el radiante azul celeste de un lago se hallaba tendida una gran nube blanca, y en la fresca y verde cuesta se alzaba hasta el cielo un castillo de piedra. Vasili quería quedarse en aquel paisaje ideal, mas no le fue concedido: la realidad lo arrancó del sueño, lo ató de pies y manos y lo obligó a volver a ella; como castigo, luego lo zurró. Vasili se convirtió en un hombre abatido, renunció a su empleo... La vida había perdido su valor. Véra se dio cuenta de que la primera realidad, la gris, era ella: un mundo en el que no había nada por descubrir, todo era ordinario, cotidiano y lleno de obligaciones desagradables. La excursión que hacía Vasili / Vladimir era el viaje a París. El lago azul, los ojos de Irina; la nube, su pelo claro y rizado; la ladera verde, su aspecto y sus modales frescos y juveniles; y el castillo, su esbelta y sin embargo firme figura. Y de nuevo la realidad a la que volvía obligado y contra su voluntad era ella, Véra.

11

El sol pegaba con intensidad sobre los campos, que empezaban a reverdecer. De la nieve no había ni rastro, y Véra, envuelta en esa atmósfera primaveral, tenía la sensación de que la tormenta de nieve de la noche anterior había sido una mera ilusión causada por la ciudad encantada de los jinetes y caballeros sin cabeza. O quizá por el aromático daiquiri que se había tomado en Sleepy Hollow. Adelantó a dos coches lentos y miró el reloj: las nueve y diez. Llevaba casi ocho horas al volante. Volvió a tener la sensación de que había sido una noche embrujada: había pasado en un abrir y cerrar de ojos y no sentía el menor síntoma de cansancio. Estaba en plena forma. Cruzó Framingham y paró en una gasolinera. Echó unas monedas al teléfono, marcó el número del hotel y pidió en recepción que le pusieran con la habitación 1311.

—Ya han salido —dijo la recepcionista.

—¿Está segura? En la habitación se alojan el señor y la señora Nabokov. Creo que el señor todavía no ha salido.

—*Sorry*, pero ha salido, lo he visto.

—¿A qué hora?

—No se lo puedo decir, no estoy autorizada para responder ese tipo de preguntas.

Al llegar a Brighton, Véra lo intentó de nuevo con el mismo resultado.

Llegó al hotel antes de la diez y le pidió a la recepcionista que devolviera el coche a la casa de alquiler; tenía la intención de desplazarse en taxi. Subió a la decimotercera planta y se dirigió a la habitación 1311. Abrió, vio las camas hechas y la habitación recogida, los pantalones de Vladimir y el chaleco extendidos sobre la silla, la mesita como de costumbre cubierta de libros y papeles... ¡Ah! ¡Y ahí estaba! En el borde de la mesita encontró una hoja de papel arrancada del cuaderno con la letra de Vladimir:

Cariño,

Si por casualidad regresaras antes, ven al Sanders Theatre. He ido a ensayar la presentación de la noche. Date prisa, sin ti ya no aguanto más.

Tuyo,

VOLODIA

Véra, que pensaba ducharse, no lo hizo; tampoco se cambió de ropa ni desayunó. Llamó enseguida a recepción para que le pidieran un taxi.

—¡Al Sanders Theatre! ¡Tengo prisa! —le ordenó al taxista con severidad. Este arrancó con tanta fuerza que se saltó varias señales de ceda el paso.

Bajó del taxi y se lanzó con sus tacones altos directa a la entrada del teatro, pero la puerta estaba cerrada. No le sirvió de nada forcejear; echó a correr hacia la puerta lateral y probó lo mismo.

–A esta hora está cerrado, señora, vuelva por la noche –le aconsejó un fontanero bienintencionado que pasaba por allí con el maletín de las herramientas.

–No puedo esperar –contestó Véra molesta–, mi marido está dentro.

–¡Ajá! –exclamó el fontanero–. En ese caso tendrá que avisar a la policía.

No pudo entrar hasta que no salió una señora de la limpieza grandota.

Le bastó buscar un poco para localizar a Vladimir entre bastidores, bien acompañado de amigos universitarios y de dos chicas llamativamente hermosas. Después supo que eran dos estudiantes de arte dramático que los organizadores habían seleccionado para que lo ayudaran a leer durante la presentación. En la mesita, en el centro del risueño grupo, había una botella de vino tinto y varias copas a medias. No se dieron cuenta de que Véra estaba presente, pues esta se quedó en la oscuridad de un rincón. En ese momento Vladimir se sacaba un fajo de billetes del bolsillo.

–A quien acierte cuál era el nombre del padre de Pushkin, ¡le doy cien dólares! –dijo melodiosamente y mostrando los billetes con sonrisa fiera.

–¡Sí, se llamaba Serguéi! ¡Sheryl lo ha adivinado! –sobresalió su voz profunda de barítono por encima de las demás.

Cogió los billetes de diez dólares con el brazo levantado y los esparció por encima de la chica como si fueran lluvia.

El grupo exultó de alegría; alguien fotografió la escena.

En aquel momento Véra apareció entre ellos y avanzó hasta Vladimir.

—Volodia —dijo con frialdad y marcando distancias—, cuando termines ven al hotel. Te espero en la habitación.

Y se fue rápidamente. El abrigo de visón desabrochado la siguió como una sombra.

Vladimir se terminó el vino, chasqueó la lengua y cogió su gabardina. Con una mueca, dijo:

—El deber me llama, queridos. Nos vemos por la noche.

13

Cuando Vladimir llegó a la habitación de hotel le pareció que, en lugar de Véra, se le venía encima un nubarrón negro. Trató en vano de contagiarle su buen humor. Ella enseguida lo dejó solo; mencionó secamente que tenía algo que hacer y que volvería en una hora.

Al cabo de una hora y cuarto abrió la puerta de la habitación y dijo:

—Cuando tengas tiempo, echa un vistazo a estos papeles.

Vladimir los miró. Vio que Véra había cancelado su crucero planeado para el 10 de mayo, es decir, al cabo de un mes, para celebrar a lo grande con sus amigos americanos los cuarenta y un años de relación que les unían. Véra había cambiado también los billetes de vuelta de Nueva York a Europa. Partían al cabo de tres días.

Por la noche, Vladimir subió al iluminado escenario del teatro. Antes que nada, se aseguró de que Véra estuviera realmente sentada en el centro de la primera fila, igual que antes de cada concierto el pianista Bachmann, protagonista del cuento de Vladimir, se cercioraba de que su amiga madame Perov estuviera sentada en primera fila de la sala; sin ella no podía tocar, pensó Véra, que le sonrió con satisfacción y frialdad. La pastilla de Filippa seguía surtiendo su efecto milagroso; Véra se sentía fresca, como si por la noche hubiera dormido bien. Se guardaba sin embargo de hacerlo notar; se mostraba moderada.

Vladimir se ganó al público nada más abrir la boca. Estaba sentado detrás de una mesita con una tetera blanca y azul de flores y una taza a juego en un platito. «Seguro que es porcelana inglesa», pensó Véra. De vez en cuando tomaba su té a sorbos largos y volvía a llenarse la taza. Lo tomaba sin azúcar ni leche y con gran placer; parecía que hubiera venido al teatro por el té y que la tertulia y la lectura fueran secundarias.

Primero les confió a los oyentes lo que para él había significado traducir *Evgueni Oneguin* al inglés: habían sido veinte años de trabajo; a veces había traducido durante meses enteros de nueve de la mañana a dos de la noche. Con el tiempo fue dándose cuenta de que la traducción tenía que ser sobre todo exacta, por eso había sacrificado la rima y el ritmo, la eufonía e incluso la belleza en aras del ideal que era la fidelidad. La traducción saldría publicada en otoño en Nueva York; Nabokov sabía que algunos escritores no le eran favorables, entre ellos su amigo de muchos años, el conocido crítico y escritor Edmund Wilson;

sin embargo, había otros de los que esperaba comprensión y tal vez incluso algún elogio por esa tarea heroica. Después le contó al público de qué manera armaba una novela: primero lo pensaba todo y durante bastante tiempo le iba dando vueltas. A continuación escribía durante el día las escenas y consideraciones en fichas; su mujer las leía y las pasaba a máquina. Durante la cena, la señora Nabokov analizaba lo que había escrito y le aconsejaba cómo continuar. Si su esposa tenía alguna objeción, lo que pasaba a menudo, reescribía la parte afectada. A veces extendía las cuartillas en la cama y las clasificaba, después su mujer las guardaba en ese orden en una caja de zapatos. Y finalmente la señora Nabokov iba sacando las fichas una detrás de la otra y las copiaba en páginas.

—Mi mujer es mi primer lector, y el mejor de ellos. Sin ella, nunca habría sido el que soy —proclamó guiñándole un ojo.

Ella se sofocó, encantada con aquel elogio inesperado pero sin dejar que se notara.

El público, de pie, aplaudió largamente a Vladimir.

Tras la velada fueron a la fiesta que sus buenos amigos Elena y Harry Levin habían organizado en su casa para los que habían participado en ella. Elena tuvo la ocurrencia de brindar con Véra y Vladimir por su feliz matrimonio.

—¿Feliz matrimonio? Será porque le tengo miedo y hago solo lo que ella quiere —bromeó Vladimir.

—Pobre Véra —la defendió Elena—. Y ¿por qué le tienes miedo, Volodia?

—¿Se lo enseñarás, cariño?

Véra abrió sin prisas el bolso de fiesta negro cubierto de cuentas y con una sonrisa orgullosa sacó un revólver pequeño, pesado, y lo colocó en la palma de su mano;

relucía más que su brazalete de brillantes. Se quedaron todos mudos mirando ahora a Véra, ahora el arma.

Alguien susurró:

–¿Está cargado?

Vladimir sorbió su champán y explicó lentamente y con tono jocoso:

–Sí, por supuesto que está cargado, es de Véra. Cuando en los años veinte y treinta vivimos en Berlín, un conocido escritor ruso, Yuri Eichenwald, les decía a los alemanes: en la comunidad de los emigrantes rusos todos sabemos quién y qué clase de persona es la pequeña Véra. La pequeña Véra es un boxeador que sube al *ring* y da y da.

Esa misma noche, más tarde, la voluminosa señora de la limpieza que por la mañana le había abierto la puerta del teatro a Véra recogía los objetos del escenario. Le pareció que en la taza azul y blanca de flores quedaba un resto de té con un curioso aroma. Lo probó. Se lamió los labios, chasqueó la lengua y se lo terminó. Lo que parecía ser té sabía magníficamente a whisky escocés.

15

Al cabo de tres días, al embarcar en el transatlántico *Franklin Roosevelt*, Véra pensó que si volvía a recibir una carta de un organizador de veladas literarias, le respondería que el escritor Nabokov estaba demasiado ocupado escribiendo un nuevo libro como para participar en el acto al que lo invitaban. Y sería verdad. Vladimir estaría ocupado escribiendo un nuevo libro.

Vladimir se despedía con la vista de la ciudad que más amaba en el mundo. De pie en la cubierta, llevaba una gabardina clara; a su lado, el abrigo de visón de Véra competía en brillo con las olas del mar, resplandecientes bajo el cálido sol de primavera. Los dos saludaban con la mano a Dmitri, Filippa y a varios conocidos y parientes que habían acudido al puerto a despedirse. Nadie se reía, como si todos presintieran que aquel había sido el último viaje de Vladimir y Véra a América y que muchos de ellos no volverían a ver a la pareja nunca más. Filippa examinó el bolso de Véra, algo más grande que el de fiesta, en el que adivinaba su pequeño Browning. Entonces ya sabía que lo llevaba siempre cargado. Volvería aquel día mismo a Harvard; Dmitri cantaría dos veces más en *Las bodas de Fígaro* antes de volar de vuelta a Milán.

Cuando el barco zarpaba, Vladimir comentó:

—¿Ves aquella mariposa que vuela hacia la Estatua de la Libertad, Véra? Es una dos puntos o azul común, una *Polyommatus icarus*. Y a mí me espera una semana en el mar sin mariposas...

IV
EL REVÓLVER
Vladimir, Véra, Dmitri, Irina

Montreux, 1990

I

Como un personaje de un cuadro de Vermeer, Véra estaba sentada a una vieja mesa de madera junto a la ventana, inclinada sobre un libro. La ventana filtraba una luz mate de primavera que resaltaba la palidez de su rostro e iluminaba sus manos huesudas, de las que sobresalían las venas como serpientes verdes. Tenía ochenta y ocho años, casi tantos como el siglo en cuyos albores había nacido. Volvió a leer un pasaje de *Pálido fuego* para trasladarlo al ruso y al traducir las palabras de Vladimir se sintió en comunión con su marido muerto.

Habían enterrado a Vladimir en el pequeño cementerio de Clarens en el municipio de Montreux, justo debajo del palacio Châtelard, que domina el camposanto. Clarens no tiene nada que lo haga digno de recuerdo, tal vez solo que Jean-Jacques Rousseau situó en él su novela *Julia, o la nueva Eloísa*. Y Dmitri decía que algún melómano recordaría que en el año 1878 Chaikovski compuso allí el *Concierto para violín en re mayor, opus 35*, y cuarenta años después, Igor Stravinski hizo lo propio con dos conocidos ballets: *La consagración de la primavera* y *Pulcinella*.

Tras la muerte de Vladimir, Véra se había visto obligada, contra su voluntad, a dejar el hotel Palace, que cerró por reformas durante varios años. Dmitri finalmente le encontró y alquiló un piso a medio camino entre el hotel y el cementerio, y en él llevaba una vida estoica dedicada a la obra de su marido, que ella consideraba la obra de ambos si bien en público nunca lo reivindicó. Se sentaba junto a las traducciones y la correspondencia como un monje medieval que tradujera la filosofía griega clásica al latín. En las cartas dirigidas a los pocos amigos que le quedaban, se comparaba con *El geógrafo* de Vermeer, investigando entre documentos apilados en la mesa y montones de papeles diseminados por el suelo.

Hacía cincuenta y cinco años que mantenía correspondencia con editores y corregía las traducciones existentes, cincuenta y cinco años repasando y modificando las ediciones nuevas. Y solo entonces, tras la muerte de Vladimir, se atrevía a traducir ella misma; no confiaba en ningún otro traductor que no fuera ella o Dmitri.

2

La noche que Vladimir murió en el hospital de Lausana, Dmitri la subió a su Ferrari azul aparcado delante del edificio. Durante el viaje a Montreux tras permanecer largo rato en silencio, Véra propuso:

−Escucha, Mitia, alquilaremos un avión y nos estrellaremos.

−No lo estarás pensando en serio.

−Cogeremos altura con el avión y después lo estrellamos contra tierra.

Pensaba que con eso impresionaría a Dmitri por la radicalidad de lo que sentía: que sin su padre ya no quería seguir viviendo. Pero él profirió por lo bajo un pensamiento para sí mismo:

—Tú lo que buscas es haceros célebres, a ti y a papá, todavía después de su muerte.

3

¡Cuánto tiempo había pasado desde la noche en que Dmitri y Filippa y ella bebieron champán en la Ópera Metropolitana! Aquella noche Mitia todavía estaba fuerte y lleno de vida, tenía el futuro en sus manos. Qué jóvenes eran todos en aquel viaje a América que resultó ser el último. Fue en el año... sí, en el año 1964. Mitia tenía treinta y un años y Filippa, ocho más. Hacía veintiséis años. Y mientras tanto, todo había cambiado.

Filippa era otra de las personas que se habían ido para siempre...

Tras pasar aquellas dos semanas ni deseadas ni deseables con ella en Niza, Vladimir y Véra se la volvieron a encontrar dos años después, en 1964, en Harvard, y Véra fue con ella a la ópera en Nueva York. Sin embargo, después de la noche en la ópera y la lectura de Vladimir en el teatro de Harvard regresaron enseguida a Europa; ella, Véra, lo organizó de ese modo. Su viaje relámpago a Estados Unidos resultó ser el último y no solo porque Vladimir hubiera empezado a sufrir problemas de salud de todo tipo. No, para ser totalmente sincera consigo misma, no volvieron a Estados Unidos sobre todo porque ella no quiso. Vladimir sentía tanto apego por aquel país, que ella tenía la sensación de que, cuando estaban allí, él no le pertenecía del todo.

Con Filippa mantuvieron correspondencia; mejor dicho, Véra respondía de vez en cuando al mar de cartas con el que Filippa los inundaba. No les escribía como a Véra le hubiera gustado, no eran cartas sensatas en las que expresara su gratitud por haberla ayudado a instalarse en América y en las que les explicara que seguía sus sabios consejos, lo que contribuía a que llevara una existencia equilibrada. ¡Qué va! En lugar de una narración racional los saturaba con sus imprecaciones escritas varias veces por semana. Constantemente le preguntaba: «¿Cuándo, por Dios, se sacará esa máscara, Véra? ¿Cuándo se me va a mostrar como lo que realmente es?». Repetía estas y otras variantes una y otra vez. Véra no se daba cuenta de que, por boca de Filippa, hablaba en parte su enfermedad mental, de manera que, al no entender su comportamiento extravagante, le pidió que detuviera su flujo de correspondencia; lo hizo con frialdad y sequedad, con racionalidad.

Del sedimento verbal y el *pathos* que caracterizaban las cartas de Filippa, emergían varios pensamientos concretos. Filippa sentía que al haber sido arrancada de su entorno sueco, se había perdido y defraudado a sí misma; había dejado de tener una mirada objetiva sobre su vida, se había extraviado en la ilimitada cantidad de posibilidades que América y el mundo entero le ofrecían una vez desarraigada. Indirectamente, culpaba de ello a Véra y, más de una vez, le había echado en cara a esta que trataba de vivir su propia vida a través de ella, Filippa, que el sueño de Véra había sido no solo escribir sino publicar libros con éxito de crítica y público y convertirse en una escritora famosa a nivel mundial. La falta de talento propio se lo había impedido y, desde entonces, había tratado de proyectar su ambición en los demás: primero en la vida y obra de Vladimir y ahora en su vida y en su obra todavía por realizar: la presionaba a ella, una poeta, a escribir únicamente novelas y, de modo parecido a como lo había hecho con Vladimir, la impelía a desechar el sueco como un trapo sucio y a pasarse al inglés; también a cambiar de país, de ambiente e incluso se metía en su vida más íntima: no aprobaba que viviera con su novia; consideraba que convivir con su pareja era «imprudente e insensato», como repetidamente le recriminaba. Así planeaba Véra la vida de aquellos de su alrededor que no eran lo bastante fuertes para resistir a su presión. El resultado era que, sacrificando sus propias ambiciones, se enajenaban ellos mismos y dejaban de comprender qué era lo que esperaban de la vida. Véra releía varias veces y detenidamente los reproches que la sueca le repetía. Al final, sin embargo, se hartó de la irracional Filippa, como la llamaba, y pidió a su bufete de abogados que la ayudaran a librarse de aquella molesta correspondencia.

Filippa pasó un mes en una clínica psiquiátrica en la que la atiborraron de calmantes, aunque a largo plazo no fueron de ninguna ayuda. Continuó viviendo en Estados Unidos, donde no acabó nunca de adaptarse e intentó suicidarse en repetidas ocasiones. Murió un año después que Vladimir, en septiembre de 1978, de un cáncer avanzado de riñón. Véra se alegraba de haberse desembarazado de aquella correspondencia incómoda y, hasta ese momento, no le había dedicado a Filippa ningún otro pensamiento.

4

Véra miraba por la ventana y distinguió en el jardín primaveral un gato negro que se acercó corriendo hacia la casa cruzando el caminito y se quedó sentado al acecho. Dmitri solía reírse de su madre, pues no se trataba de un gato negro sino de la parrilla para asar la carne que formaba parte de los trastos del jardín. Mas para ella seguía siendo un gato negro.

Había otro asunto que hasta la fecha tenía pendiente y la acechaba del mismo modo que el gato del jardín. Todavía no había quemado el manuscrito inacabado de *El original de Laura*. Cuando Vladimir empezó a intuir que se moría, ¡se lo pidió tantas veces! Fue su última voluntad. Véra, sin embargo, se propuso no decir nada a nadie y terminarlo ella misma de manera que nadie se diera cuenta. Conocía como si fuera propio el estilo barroco de Vladimir, con la trama desplegándose poco a poco, el curso de la novela fluyendo paulatinamente y el curioso inglés americano que usó en los últimos decenios; había transcrito a máquina la mayoría de sus novelas varias veces. A su juicio, la novela inacabada abría un nuevo camino en la obra de Vladimir, un camino en el que había menos descripción y más acción directa. Sabía lo que le faltaba a la novela: muchos pasajes estaban solo esbozados, el texto pedía color y aroma; en muchos momentos era preciso crear un puente entre descripciones y diálogos. Lo intentó y, tras la primera lectura, vio que no sería capaz. El resultado era un Nabokov descolorido, como un niño debilitado tras una enfermedad. Volvió a probarlo una y otra vez, en secreto y a escondidas, con la puerta cerrada a cal y canto; ni siquiera a Mitia se lo ha-

142

bía comentado nunca. Pero todos y cada uno de sus intentos dieron frutos enclenques. Tomó conciencia de lo bien que había hecho al medir sus fuerzas y renunciar a adentrarse por la senda de las artes.

De momento, pues, guardó la novela inacabada de Vladimir en la caja fuerte del banco. Solo Mitia sabía de su existencia. Véra se guardó de mencionarlo nunca delante de nadie, pero a Dmitri se le debía de haber escapado porque hacía poco la editorial americana Knopf le había escrito comunicándole que al redactor jefe le gustaría echar un vistazo al manuscrito y que con ese fin viajaría a Montreux. Véra sabía que no era lo que Vladimir quería pero no tenía fuerzas para ir al banco donde estaba guardado el manuscrito, abrir la caja fuerte, sacar las ciento treinta y ocho fichas del manuscrito y, o bien enseñárselo al editor o, mejor todavía, quemarlo todo. Sabía que debía hacerlo pero no podía, no le quedaba energía. Que tras su muerte Dmitri adoptara la resolución que juzgara pertinente. Últimamente, incluso tomar decisiones se le hacía difícil, la extenuaba. A decir verdad, valoraba tanto el manuscrito de Vladimir que no quería sentenciar su suerte. Y además... sí, la verdad era esta: nunca, nunca sería capaz de quemar el querido manuscrito.

Véra terminó su respuesta al redactor jefe de la editorial Knopf y abrió el cuaderno en el que, tras la muerte de Vladimir, había empezado a redactar escenas de la vida de su marido en un intento de comprenderle. Pero aun así permaneció en ella la sensación, tan arraigada, tan familiar ya durante la vida con su esposo, de que no había manera de captar su esencia. Sin embargo, seguía intentándolo.

Se sentía de nuevo como la figura de su Vermeer favorito, como *La costurera* entregada al encaje de bolillos, iluminada por la luz de la ventana y bendecida por ella como una santa moderna consagrada a un trabajo laborioso. La misma mirada que antes dirigía a su marido vivo la lanzó entonces devotamente a la fotografía de Vladimir colocada encima el escritorio.

Dmitri, que justo en ese momento entraba al despacho de su madre, al verla de perfil constató por centésima vez que en su expresión había lealtad, ardor y hasta exaltación, y prefirió salir para no perturbarla.

5

Véra había buscado también el rastro de Irina. Intuía que Vladimir había plasmado en *Lolita* el dolor que sintió ante la pérdida de su amor parisino, con más precisión en la segunda parte de la novela, en la que el lector deja de enfadarse con Humbert Humbert porque siente compasión por él y su desconsuelo. Sólo ella sabía que en esta parte Nabokov hablaba de su propio tormento.

Tras la muerte de Vladimir se tranquilizó y dejó de pensar en ella como en una ninfa malvada. Supo que, tras su breve e intensa relación con Vladimir, no había tenido ningún otro amor, ni encontró un marido o compañero de vida. Irina Guadagnini siguió viviendo principalmente del recuerdo y escribiendo poemas, la mayoría de ellos dirigidos a Vladimir. Tras la Segunda Guerra Mundial se trasladó de París a Múnich, donde trabajó en la redacción de la emisora de radio Europa Libre. En 1962 editó, cargando ella misma con los costes, sus poemas escritos bajo la influencia de Anna Ajmátova en una tirada de trescientas copias con el título *Cartas*. Con un paquetito que contenía unos cuantos ejemplares de su recién editado libro en la maleta, emprendió en los años sesenta un viaje a Estados Unidos donde anduvo buscando a Vladimir, pero ninguno de sus amigos emigrados supo proporcionarle una información concreta: en aquella época Nabokov ya había publicado *Lolita* y se había convertido en un escritor americano famoso, más tarde candidato repetido al Premio Nobel. Con la esperanza de que sus poemas llegaran a manos de Vladimir, Irina envió sus libros a varias bibliotecas americanas. Entre los poemas hay uno titulado «Cremona» y dedicado a Giovanni-Battista Guadagnini, el abuelo de Irina originario de esa ciudad; otros hablan de excursiones por el campo pero la gran mayoría vuelve a lo que ella vivió y perdió: son los poemas «Géminis», «Felicidad», «Cita» y «Don», entre otros. En la narración «El túnel», que constituye la última parte del librito *Cartas*, confiesa de manera estilizada sus sentimientos hacia Vladimir y termina con un suicidio ficticio. De algunos de los poemas se desprende que Irina creía que Vladimir le escribía cartas: muchos pasajes de las novelas de él los relaciona consigo.

Y tenía razón. Véra sabía que Vladimir se inspiró en la situación que había vivido con Irina y ella al escribir la novela *La verdadera vida de Sebastian Knight*, en la que describió el infierno de un triángulo amoroso. Desde las primeras cuartillas vio claro que, al representar como un horror la vida con la amante, se quería convencer de que su decisión de quedarse con la familia había sido la correcta. Trataba de persuadirse a sí mismo a pesar de no creérselo o, más bien, justamente porque no se lo creía.

Pasados veinte años volvió a inspirarse en Irina para la novela *Pnin*: el libro empieza con su protagonista, un emigrado ruso que vive en Estados Unidos, dirigiéndose en tren a dar una conferencia en Cremona, a pesar de que en Estados Unidos no existe ninguna ciudad con ese nombre; sin duda alguna, Cremona guardaba relación con Irina. Era la historia que vivió el propio Vladimir de gira por Estados Unidos; una de las ciudades que visitó fue Florence, en Carolina del Sur. En el personaje de Liza Bogolepova, Vladimir encarnó a Irina; Liza tiene los ojos de Irina... Véra los recordaba bien: en la playa de Cannes sus ojos eran más azules que el mar bajo el sol. Y no solo eso, Liza y Pnin se conocen del mismo modo que Irina y Nabokov, tras su presentación; como Irina, Liza también es poeta, si bien Vladimir habló de sus poemas bastante despectivamente, con lo que a Véra le dio la mayor de las alegrías. Liza se muestra (probablemente al contrario que Irina, pensaba Véra, orgullosa de su imparcialidad) como una mujer interesada, sin embargo Timofey Pnin, el *alter ego* del autor –ninguna otra novela de Vladimir es tan autobiográfica como esa–, declara que a pesar de todo amó siempre a Liza y que sus sentimientos nunca cambiarían. Con eso Vladimir rindió, sin duda, tributo a su amada de antaño.

Véra encontró también la breve nota que Vladimir escribió en su diario conjunto el día de la muerte de Irina sin tener noticia de ello: «Hoy no he tenido humor para nada, no me apetecía hacer nada, me he sentido raro y todo se me caía de las manos». No solo no la olvidó nunca, pensó Véra, sino que además estaba unido interiormente con ella, también en la distancia y a pesar del abismo de tantos años. Incluso en la muerte.

6

Intentaba concentrarse en la traducción. Pero esa mañana sus pensamientos volaban en todas las direcciones como mariposas en un prado primaveral. Se levantó y fue hasta el corredor. Esas fotos... Dmitri y sus trofeos... ¿Por qué Dmitri quería tener expuestas por todo el piso esas fotos perturbadoras de sus accidentes?

Incluso esa última, tres años después de la muerte de Vladimir... Véra intentaba rechazar los pensamientos sobre lo acontecido aquel día, pero no siempre le resultaba fácil; las imágenes acudían a su mente con gran vivacidad... El 26 de septiembre de 1980, Dmitri conducía su Ferrari de carreras 308GTB a toda prisa de Lausana a Montreux para no llegar tarde al almuerzo con su madre. A tal velocidad, el coche no pudo tomar una curva cerrada de la autopista, se salió del carril y se incendió. Dmitri consiguió de milagro, o más bien gracias a su agilidad, salir del automóvil con el pelo, las manos y el torso en llamas. Desde el hospital adonde lo llevaron con quemaduras graves y las cervicales rotas, llamó a su madre para comunicarle con voz sigilosa que no podía ir a comer porque había tenido un pequeño accidente. Al colgar el teléfono, perdió al instante la conciencia.

Véra pasó diez meses acudiendo a ver a su hijo a través del vidrio de la unidad de cuidados intensivos; había sufrido quemaduras de tercer grado en el cuarenta por ciento del cuerpo. Durante diez meses lo observó tumbado con la cara y el cuerpo vendados y, contra el sentido común, se imaginaba que cuando le quitaran las vendas y la escayola, Mitia pegaría un salto de la cama y todo sería como antes. Aquellos diez meses de visitas diarias aún fueron relativamente felices comparados con lo que vino a continuación.

Un día, en su habitación del hospital, se lo presentaron en silla de ruedas y, por primera vez, con el rostro descubierto. Él había atenuado la luz a propósito. Y Véra vio lo que hubiera preferido no ver jamás, algo que más que un hombre parecía una criatura horrible de una película de terror. Tuvo la esperanza de que fuera todo una pesadilla; contemplaba aquella masa desconocida en silla de ruedas y no conseguía dominar el pánico, en el que se mezclaban algo de repugnancia y la compasión más profunda; un pánico tan intenso que la paralizaba.

Poco a poco fue acostumbrándose a la idea de que aquel ser deformado, inmóvil y envejecido era su hijo y que el Mitia juguetón y juvenil, su cabritillo, ya no volvería. Cuando no estaba con él y no lo ayudaba con los ejercicios de rehabilitación y los aspectos prácticos de su nueva vida, corría a casa a hundirse en la correspondencia relativa a las nuevas ediciones y a las traducciones de los libros de Vladimir que se amontonaba. Las montañas de trabajo la distraían de las reflexiones interminables sobre el hecho de que ella misma y su pasión por los coches deportivos de lujo y su entusiasmo por la velocidad se habían trasladado a su hijo querido, la única persona que le quedaba. Aquellos pensamientos la perseguían como las despiadadas diosas de la venganza al acosado Orestes.

El accidente de coche truncó la exitosa carrera de Dmitri como cantante de ópera. Perdió flexibilidad y movilidad y, tras una larga rehabilitación, podía caminar solo despacito y con bastón. Bajo la dirección de su madre empezó, también él, a dedicarse en cuerpo y alma a la obra de su padre, a pesar de ser justamente lo que hasta entonces había tratado de evitar para poder vivir así su propia vida lejos de la sombra del célebre progenitor. Y en secreto, Véra sentía la satisfacción de haber llevado a Dmitri a donde siempre había querido.

En aquella época mucha gente le expresó su compasión, sin embargo ella no la aceptaba. No quería compartir con nadie aquello por lo que estaba pasando. Se parapetó tras una máscara negra de inaccesibilidad, aparecía siempre con la cabeza aún más erguida, conversaba con la gente con más sobriedad y frialdad. Solo alguna vez vio en una mirada un destello de comprensión de que aquella reserva trataba de cubrir a la mujer frágil y vulnerable en la que se había convertido por primera vez en su vida.

7

Véra volvió a sentarse a su escritorio. Se había fijado bien en la sombra que hacía un ratito se había introducido a tientas en el despacho donde se dedicaba a la traducción; era la sombra de un hombre robusto, entumecido, rígido, una especie de golem con un bastón. Sintió alivio cuando la sombra se alejó tan silenciosamente como había llegado.

Otra vez observó el gato en el jardín. Un gato negro como su Browning, guardada como siempre en el fondo del primer cajón del escritorio dentro del bolso de fiesta cubierto de cuentas negras. Véra abrió el cajón, puso la mano sobre el bolso de terciopelo y lo palpó para asegurarse de que el revólver seguía allí. Sabía que estaba cargado. Se lo llevaba siempre cuando salía a pasear al atardecer, como había hecho con Vladimir. Todavía no lo había usado nunca, pero la conciencia de llevarlo encima la había ayudado siempre a vivir, como les sucedía a otras personas con los calmantes. El revólver cargado en el bolso.

Observó el gato y, luego, se dijo que al final había llevado a los dos hombres de su vida, su marido y su hijo, a donde quería. A Vladimir lo tuvo en sus manos desde que se asentaron en Montreux. Dmitri ahora también dependía de ella, aunque el precio a pagar había sido demasiado alto.

8

Véra apartó el cuaderno y dirigió la mirada hacia las nubes que se movían despacio por el cielo. Del oeste al este, de Ginebra hacia el Valais, pensó con la exactitud que la caracterizaba.

Le parecía que navegaba en una suave nube blanca por un cielo azul y que lo contemplaba todo desde arriba, como si los acontecimientos terrenales ya no fueran con ella. ¡Pero si los muertos son ellos y no yo!, se sorprendió al tiempo que meneaba la cabeza. Le cogió sin embargo un intenso dolor en las cervicales y prefirió prestar atención al libro de Vladimir que estaba traduciendo.

Índice